信不信由你，

一週學好日語五十音！

にほんごの ごじゅうおん

新版

元氣日語編輯小組 編著

五十音の学習って
こんなにも楽しい！

「五十音って複雑で覚えられない」「五十音の勉強ってつまらない」、そういって日本語の習得をあきらめてしまう人、けっこう多いですよね。そんな声を聞くと、じつに残念でなりません。だって、五十音の学習はすごく簡単で、楽しいものなのですから。とはいうものの、そのためには「ふさわしい教材」が欠かせません。我々はその「ふさわしい教材」を作るべく、市場に出回る五十音教材を研究し直し、改善を重ねることで、最強の五十音教材を作り上げました。

ほとんどの台湾人が知っている日本語、「a.ri.ga.to.o」（謝謝）、「o.ha.yo.o」（早安）、「sa.yo.o.na.ra」（再見）、これらの言葉がどういう文字で書かれ、どう正確に発音するのか、知りたいと思いませんか。答えは「ありがとう」（謝謝）、「おはよう」（早安）、「さようなら」（再見）です。いうなれば、五十音の仮名は中国語の「ㄅㄆㄇㄈ」のようなものだといえます。つまり、発音のルールを覚え、確かな音と文字を理解すれば、自由自在に日本語を操ることができるというわけです。

本書には、上記のようなみなさんがよく知っている日本語、実際に役立つ実用的な日本語が満載されています。ですから学習意識を高めながら、途中であきらめることなく、楽しく学び続けることが可能です。さあ、この本で「日本語の達人」を目指しましょう！

元氣日語編輯小組

こんどうともこ

零起點學會50音，真的只要一週！

日語50音的平假名就像中文的注音符號一樣，每個假名都有固定的發音，如果不會唸，就無法開口說日文。此外，平假名除了當發音之外，它本身還是文字，因此不會平假名，便無法讀寫日文。至於片假名，是標示日文外來語必要的工具，所以豈可不會？學完50音，接著要學習的是生活上常用的單字、句型與用語。只要學會這些基礎單字與句型，便可輕鬆赴日觀光旅遊，或是和日本人交友、溝通。誰說學日語很難呢？

鑒於國內讀者總是滿懷興趣開始學日語，卻又因為學習上遇到挫折半途而廢，我們特別為第一次接觸日語的讀者，設計了輕鬆學、馬上說的《信不信由你　一週學好日語五十音》，五大學習密技，讓你不再原地踏步——

密技1 循序漸進，掌握重點式教學！日語50音，分為清音、濁音、半濁音、拗音、促音與長音，從筆順、發音方式到代表單字，按部就班學習，效果最持久！

密技2 50音教學正確標明筆順，一目瞭然，還可立刻習寫，記得最牢靠；「小小叮嚀」提醒容易寫錯部分，寫得一清二楚；「發音重點」提醒發音要訣，說得更正確！

密技3 「平假名」、「片假名」一起學，最有效率；「說說看」現學現賣，學完一個音，就可以開口說出單字，甚至一句實用日語，全書同步標注羅馬拼音，輕鬆開口說！

密技4 學會基本50音之後，接著是八大類生活單字與實用句型以及生活基本用語，超過1000個最實用的單字和句型，現學現用最有成就感！

密技5 隨書附上「動感MP3」，眼到、耳到、口到、手到、心到，一定能說出漂亮正確的50音！

日文總是原地踏步嗎？不是你不努力，是你沒有找到對的書！本書是最佳日語入門教材，讓你迅速跨過日語學習門檻！熟記50音的字型與發音，打下基礎，一步步學會1000個日語單字，勇敢開口說出日常生活的用語，就是成為日語達人的第一步！

元氣日語編輯小組

認識日語50音，一週就能開口說！

瑞蘭國際出版・社長　王愿琦

1. 學日語，為何要先學50音？

台灣和日本一衣帶水，有很深的淵源，除了英語之外，學習日語，一直是國人的首選。然而學習日語，為什麼要先學50音呢？我們先來看看以下這段會話。

はじめまして。	初次見面。
王（おう）です。	敝姓王。
どうぞよろしくお願（ねが）いします。	請多多指教。

上面這段會話，是新認識朋友（或客戶）必說的話。

如果您完全沒有接觸過日語，從上面這段話，可以看出裡面有一些不認識的字（符號），例如「はじめまして」或者是「です」，這些就是日語的50音，更正式的說法是日文的「假名」；還有一些我們看得懂的字，例如「王」或者是「願」，這些就是日文的「漢字」。分析如下：

王（おう）　です。　　敝姓王。

「王」是日文的「漢字」，「王」上面的假名「おう」是「王」這個漢字的發音。

「です」是日文的「假名」，它既是文字，也是發音。

沒錯！日文就是由「漢字」和「假名」組合而成的。而其發音，不管漢字、非漢字，全部都得靠假名。誠如我們在台灣學習中文時，必須先學會ㄅ、ㄆ、ㄇ、ㄈ等注音符號來協助中文發音，若想開口說日語，就必須倚重假名。所以要學日語，當然就必須先學會假名，也就是先學會50音囉！

2. 日語50音不只是50音，總共有105個音！

然而所謂的日語50音，不是只有50個音而已喔！日語50音基本上只是一個代稱，其實真正的音（假名），總共有105個。說明如下：

分類	音（假名）	音（假名）數
清音	あ・い・う・え・お　か・き・く・け・こ さ・し・す・せ・そ　た・ち・つ・て・と な・に・ぬ・ね・の　は・ひ・ふ・へ・ほ ま・み・む・め・も　や・ゆ・よ ら・り・る・れ・ろ　わ・を	45
鼻音	ん	1
濁音	が・ぎ・ぐ・げ・ご　ざ・じ・ず・ぜ・ぞ だ・ぢ・づ・で・ど　ば・び・ぶ・べ・ぼ	20
半濁音	ぱ・ぴ・ぷ・ぺ・ぽ	5
拗音	きゃ・きゅ・きょ　しゃ・しゅ・しょ ちゃ・ちゅ・ちょ　にゃ・にゅ・にょ ひゃ・ひゅ・ひょ　みゃ・みゅ・みょ りゃ・りゅ・りょ　ぎゃ・ぎゅ・ぎょ じゃ・じゅ・じょ　びゃ・びゅ・びょ ぴゃ・ぴゅ・ぴょ	33
促音	っ	1

有這麼多音（假名），怎麼記得起來呢？別擔心，基本上只要能夠把45個清音以及1個鼻音記起來，其他不管是「濁音」、「半濁音」、「拗音」、「促音」、「長音」等等，無論發音或寫法，都是運用清音加以變化而已，一點都不難，所以大家才會統稱這些，叫做日語50音啊！

3. 如何運用日語50音，迅速學會日語單字？

常聽人家說，學日語好簡單。的確，誠如上面所提，由於日語50音不但是文字，同時也是發音，所以只要學會50音，等於一箭雙雕，同時學會聽、說、讀、寫。舉例如下：

は ＋ な → はな ＝ 花 ＝ 花（はな）

< ha > < na > < ha.na > < ha.na > < ha.na >

單純假名　單純漢字　漢字上面有假名

上面這三個字，無論「單純假名」、「單純漢字」、「漢字上面有假名」，雖然外型不同，但其實是同一個字，寫哪一個都對，中文意思都是「花」。而其發音，也通通相同，全部都唸「はな」< ha.na >。

所以，只要知道日語50音當中的「は」和「な」的寫法和唸法，並且知道「は」和「な」組合在一起變成「はな」，發音是< ha.na >，漢字是「花」，中文意思是「花」，那麼日語單字，不過就是50音的排列組合而已。只要會假名（50音），無論遇到哪一個生字，通通唸得出來。

4. 日語50音的假名有「平假名」和「片假名」之分！

值得一提的是，日語的假名有「平假名」和「片假名」之分，二者皆源於中文。「平假名」是利用草書的字型創造而成，而「片假名」是利用楷書的偏旁所產生。「平假名」頻繁使用於一般文章中，「片假名」多用於「外來語」（從日本國外來的語言）、「擬聲擬態語」（模擬聲音和狀態的言語）或「強調語」（需要特別強調的語彙）。而前面也提到，日文是由「漢字」和「假名」組合而成的，而這假名，就包含「平假名」和「片假名」。分析如下：

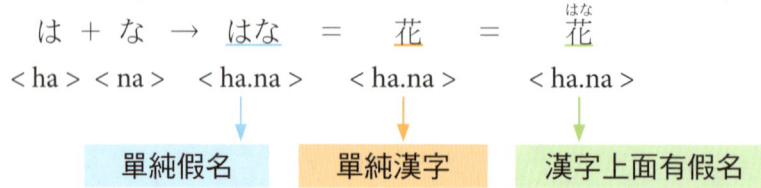

中文：瑪莉小姐是　美國來的　留學生。

日文：マリさん　は　アメリカ　からの　留学生（りゅうがくせい）　です。

平假名，頻繁使用於一般文章中，直接發音

片假名，多用於外來語、擬聲擬態語，直接發音

漢字，頻繁使用於一般文章中，用平假名發音

突然還要學一套片假名，是不是很難呢？不用擔心，基本上每一個「平假名」都有一個相對應的「片假名」，不但發音完全一模一樣，字也長得很像，不難記的！

5. 信不信由你，一週開口說日語！

經過上面的說明，對日語是不是有了基本的概念了呢？一開始學習日語，只要運用本書，第一天到第四天，依照「清音」、「濁音」、「半濁音」、「拗音」、「促音」、「長音」等順序，分別學會這些音的「唸法」，以及平假名和片假名分別的「寫法」，再把該頁的相關單字唸一唸，到了第五天和第六天，進階學習「生活中最實用的單字」，然後第七天朝「打招呼基本用語」邁進，那麼保證您一週就能開口說日語！

第一天、第二天　第三天、第四天　第五天、第六天　第七天

清音＋鼻音 → 濁音＋半濁音＋拗音＋促音＋長音 → 生活單字 → 打招呼基本用語 → 一週開口說日語

日語音韻表

清音・鼻音

	あ段	い段	う段	え段	お段
あ行	あ ア a	い イ i	う ウ u	え エ e	お オ o
か行	か カ ka	き キ ki	く ク ku	け ケ ke	こ コ ko
さ行	さ サ sa	し シ shi	す ス su	せ セ se	そ ソ so
た行	た タ ta	ち チ chi	つ ツ tsu	て テ te	と ト to
な行	な ナ na	に ニ ni	ぬ ヌ nu	ね ネ ne	の ノ no
は行	は ハ ha	ひ ヒ hi	ふ フ fu	へ ヘ he	ほ ホ ho
ま行	ま マ ma	み ミ mi	む ム mu	め メ me	も モ mo
や行	や ヤ ya		ゆ ユ yu		よ ヨ yo
ら行	ら ラ ra	り リ ri	る ル ru	れ レ re	ろ ロ ro
わ行	わ ワ wa				を ヲ o
	ん ン n				

濁音・半濁音

が ガ ga	ぎ ギ gi	ぐ グ gu	げ ゲ ge	ご ゴ go
ざ ザ za	じ ジ ji	ず ズ zu	ぜ ゼ ze	ぞ ゾ zo
だ ダ da	ぢ ヂ ji	づ ヅ zu	で デ de	ど ド do
ば バ ba	び ビ bi	ぶ ブ bu	べ ベ be	ぼ ボ bo
ぱ パ pa	ぴ ピ pi	ぷ プ pu	ぺ ペ pe	ぽ ポ po

拗　音

きゃ キャ kya	きゅ キュ kyu	きょ キョ kyo	しゃ シャ sha	しゅ シュ shu	しょ ショ sho
ちゃ チャ cha	ちゅ チュ chu	ちょ チョ cho	にゃ ニャ nya	にゅ ニュ nyu	にょ ニョ nyo
ひゃ ヒャ hya	ひゅ ヒュ hyu	ひょ ヒョ hyo	みゃ ミャ mya	みゅ ミュ myu	みょ ミョ myo
りゃ リャ rya	りゅ リュ ryu	りょ リョ ryo	ぎゃ ギャ gya	ぎゅ ギュ gyu	ぎょ ギョ gyo
じゃ ジャ ja	じゅ ジュ ju	じょ ジョ jo	びゃ ビャ bya	びゅ ビュ byu	びょ ビョ byo
ぴゃ ピャ pya	ぴゅ ピュ pyu	ぴょ ピョ pyo			

Step1 熟讀學習要點

本書學習要點

在學習日語之前，可以先利用此單元學習日語的基礎知識。了解之後，就能更快地進入狀況！

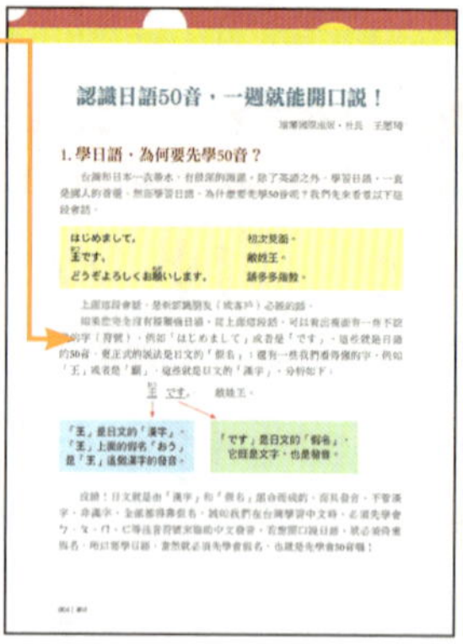

每日學習要點

學習要點幫您整理該單元應注意的重點，也可以作為每日學習成果確認，看看是不是都吸收了！

Step2 學習日語假名 只要四天，日語50音，聽、說、讀、寫一次學會！

平假名＋片假名一起學

依照筆順練習，寫出最正確的字！

發音

用羅馬拼音輔助發音！

寫寫看！

學完立刻練習，才不會學過就忘！

MP3序號

配合MP3學習，50音才能更快朗朗上口！

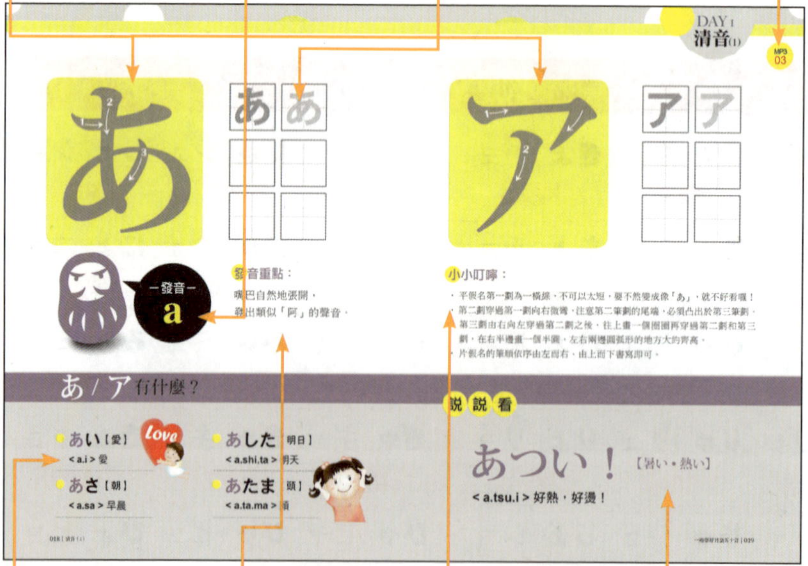

有什麼？

學完一個假名，用相關單字輔助，立刻增加單字量！

發音重點

以國、台、英語的類似音，說得輕鬆！

小小叮嚀！

提醒平假名筆順以及容易寫錯部分，寫得一清二楚！

說說看！

馬上學，馬上說！只要學完一個基本假名，立即就能開口說日語！

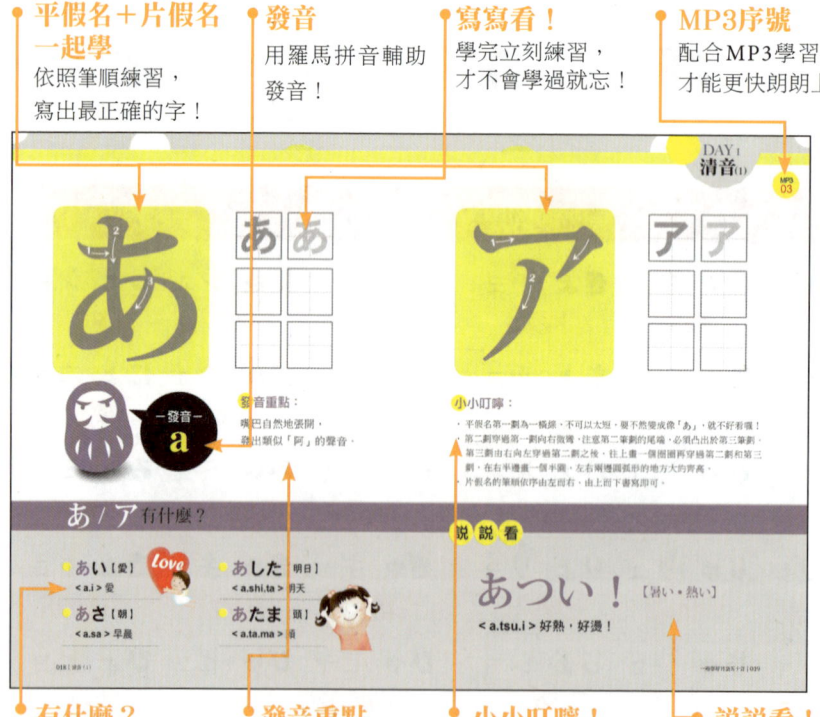

如何使用本書

Step3 學習實用單字

學習日語的第二步，就是學習日常生活中的實用單字，從「家庭」、「旅遊」到「美食」等等，簡單開口説，溝通沒問題！

句型

基礎句型搭配代換單字，馬上就能說出整句日語！

單字

依照分類，精選最實用的相關單字，皆由專業的日籍老師錄音，教您說出一口最標準的日語！

MP3 40
家庭樹 1
こちらは私の母です。
< ko.chi.ra wa wa.ta.shi no ha.ha de.su >
這位是我的媽媽。

わたし < wa.ta.shi > 我
ぼく < bo.ku > 我（男子對平輩或晚輩的自稱）
夫 < o.t.to > 丈夫、先生
妻 < tsu.ma > 妻子、太太
兄 < a.ni > 哥哥
お兄さん < o.ni.i.sa.n > 尊稱自己或他人的哥哥
姉 < a.ne > 姊姊
お姉さん < o.ne.e.sa.n > 尊稱自己或他人的姐姐
弟 < o.to.o.to > 弟弟
妹 < i.mo.o.to > 妹妹
いとこ < i.to.ko > 堂、表兄弟姊妹
息子 < mu.su.ko > 兒子

DAY 5 實用單字
MP3 41
家庭樹 2
娘 < mu.su.me > 女兒
孫 < ma.go > 孫子
祖父 < so.fu > （外）祖父
お爺さん < o.ji.i.sa.n > 尊稱自己或他人的（外）祖父，老公公
祖母 < so.bo > （外）祖母
お婆さん < o.ba.a.sa.n > 尊稱自己或他人的（外）祖母，老婆婆
両親 < ryo.o.shi.n > 雙親
父 < chi.chi > 爸爸
お父さん < o.to.o.sa.n > 尊稱自己或他人的父親
母 < ha.ha > 媽媽
お母さん < o.ka.a.sa.n > 尊稱自己或他人的母親
舅 < shu.u.to > 公公
姑 < shu.u.to.me > 婆婆
おじ < o.ji > 伯伯、叔叔、舅舅、姑丈、姨丈
おば < o.ba > 伯母、嬸嬸、舅媽、姑姑、阿姨

246 | 實用單字
247

Step4 學習生活用語

打招呼基本用語

超實用的生活打招呼用語，信不信由你，一週就能開口說日語！

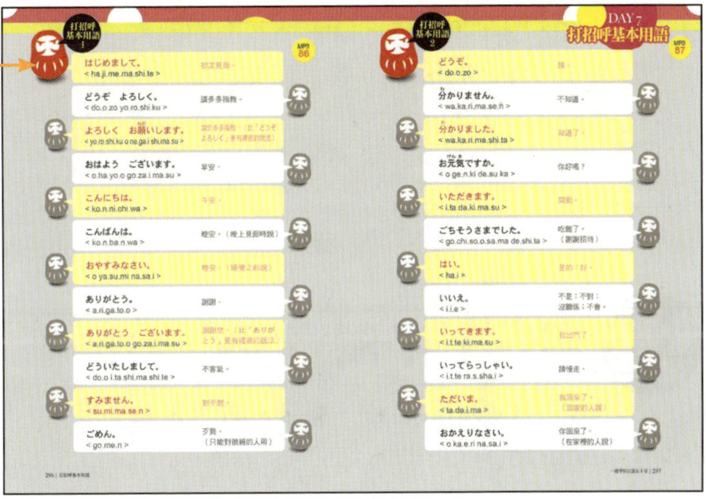
打招呼基本用語 1
MP3 86
はじめまして。 < ha.ji.me.ma.shi.te > 初次見面。
どうぞ　よろしく。 < do.o.zo yo.ro.shi.ku > 請多多指教。
よろしく　お願いします。 < yo.ro.shi.ku o.ne.ga.i shi.ma.su > 請您多多指教。（比「どうぞよろしく」更有禮貌的說法）
おはよう　ございます。 < o.ha.yo.o go.za.i.ma.su > 早安。
こんにちは。 < ko.n.ni.chi.wa > 午安。
こんばんは。 < ko.n.ba.n.wa > 晚安。（晚上見面時說）
おやすみなさい。 < o.ya.su.mi na.sa.i > 晚安。（睡覺之前說）
ありがとう。 < a.ri.ga.to.o > 謝謝。
ありがとう　ございます。 < a.ri.ga.to.o go.za.i.ma.su > 謝謝您。（比「ありがとう」更有禮貌的說法）
どういたしまして。 < do.o i.ta.shi.ma.shi.te > 不客氣。
すみません。 < su.mi.ma.se.n > 對不起。
ごめん。 < go.me.n > 歹勢。（只能對很親的人用）

DAY 7 打招呼基本用語
打招呼基本用語 2
MP3 87
どうぞ。 < do.o.zo > 請。
分かりません。 < wa.ka.ri.ma.se.n > 不知道。
分かりました。 < wa.ka.ri.ma.shi.ta > 知道了。
お元気ですか。 < o ge.n.ki de.su ka > 你好嗎？
いただきます。 < i.ta.da.ki.ma.su > 開動。
ごちそうさまでした。 < go.chi.so.o.sa.ma de.shi.ta > 吃飽了。（謝謝招待）
はい。 < ha.i > 是的；好。
いいえ。 < i.i.e > 不是；不對；沒關係；不會。
いってきます。 < i.t.te ki.ma.su > 我出門了。
いってらっしゃい。 < i.t.te ra.s.sha.i > 請慢走。
ただいま。 < ta.da.i.ma > 我回來了。（回家的人說）
おかえりなさい。 < o ka.e.ri na.sa.i > 你回來了。（在家裡的人說）

296
297

作者序：五十音の学習ってこんなにも楽しい！ 002
編者的話：零起點學會50音，真的只要一週！ 003
前言：認識日語50音，一週就能開口說！ 004
日語音韻表 008
如何使用本書 010

第1天 清音（1） ➡ P.015

今天是學習的第一天，就從最基礎的清音開始學起吧！
あ・い・う・え・お
か・き・く・け・こ
さ・し・す・せ・そ
た・ち・つ・て・と
な・に・ぬ・ね・の

第2天 清音（2）／鼻音 ➡ P.069

第二天，讓我們把後半部的清音以及鼻音都學起來吧！
は・ひ・ふ・へ・ほ
ま・み・む・め・も
や・ゆ・よ
ら・り・る・れ・ろ
わ・を
ん

第3天 濁音／半濁音 ➡ P.115

學完了基礎的清音、鼻音，今天來點小變化，學習濁音與半濁音吧！
が・ぎ・ぐ・げ・ご
ざ・じ・ず・ぜ・ぞ

だ・ぢ・づ・で・ど
ば・び・ぶ・べ・ぼ
ぱ・ぴ・ぷ・ぺ・ぽ

第4天 拗音／促音／長音 ➡ P.169

第四天一起學習有趣的拗音、促音與長音，50音都記起來了！
きゃ・きゅ・きょ　しゃ・しゅ・しょ
ちゃ・ちゅ・ちょ　にゃ・にゅ・にょ
ひゃ・ひゅ・ひょ　みゃ・みゅ・みょ
りゃ・りゅ・りょ
ぎゃ・ぎゅ・ぎょ　じゃ・じゅ・じょ
びゃ・びゅ・びょ　ぴゃ・ぴゅ・ぴょ
促音っ
長音

第5天 實用單字（1） ➡ P.245

今天把和「身分」、「身體」、「生活」相關的實用單字學起來，就可以簡單自我介紹了！

第6天 實用單字（2） ➡ P.265

讓我們一起學習和「自然」、「旅遊」、「飲食」、「時間」、「數字」相關的實用單字，去日本玩得更開心！

第7天 打招呼基本用語・附錄 ➡ P.295

把打招呼基本用語學起來，勇敢和日本朋友開口說！最後再學一招輸入法，寫日文E-mail或上日本網站購物也沒問題！

學習目標

1. 學習清音中「あ」、「か」、「さ」、「た」、「な」行 25 個清音的發音。
2. 學習其平假名和片假名的寫法。
3. 學習相關實用單字。
4. 開口說說看。

DAY 1 清音（1）

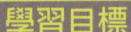

今日學習重點

MP3 01/02

清音表（1）

段／行	あ段（a）		い段（i）		う段（u）		え段（e）		お段（o）	
	平假名	片假名	平假名	片假名	平假名	片假名	平假名	片假名	平假名	片假名
あ行	あ	ア	い	イ	う	ウ	え	エ	お	オ
	a		**i**		**u**		**e**		**o**	
か行（k）	か	カ	き	キ	く	ク	け	ケ	こ	コ
	ka		**ki**		**ku**		**ke**		**ko**	
さ行（s）	さ	サ	し	シ	す	ス	せ	セ	そ	ソ
	sa		**shi**		**su**		**se**		**so**	
た行（t）	た	タ	ち	チ	つ	ツ	て	テ	と	ト
	ta		**chi**		**tsu**		**te**		**to**	
な行（n）	な	ナ	に	ニ	ぬ	ヌ	ね	ネ	の	ノ
	na		**ni**		**nu**		**ne**		**no**	

DAY 1
清音(1)

❶ 日語總共有45個清音，第一天我們先學習前面25個。誠如前面提到，所謂的日語50音，它既是發音，又是文字，所以要同時記住發音和寫法。

❷ 前面也提到，日語有「平假名」和「片假名」之分，每一個平假名，都有一個相對應的片假名。它們的寫法雖然不同，但是唸法相同。例如平假名「あ」，相對應的片假名是「ア」，唸法都是< a >，所以建議一起學習。

❸ 左頁的表格裡，橫的叫做「段」，有「あ段」、「い段」、「う段」、「え段」、「お段」，總共五段，發音分別是母音<a>、<i>、<u>、<e>、<o>。

❹ 左頁的表格裡，直的叫做「行」，有「あ行」、「か行」、「さ行」、「た行」、「な行」，除了「あ行」之外，其餘發音分別是子音< k >、< s >、< t >、< n >。

❺ 除了「あ」、「い」、「う」、「え」、「お」這五個假名，是發母音< a >、< i >、< u >、< e >、< o >之外，其他的假名都靠子音和母音搭配唸出。例如「か行」的第一個假名「か」：

假名「か」的發音

< k > ＋ < a > ＝ < ka >

↓ 子音　↓ 母音　↓ < k >和< a >拼出< ka >的發音

同理，「か行」其他假名的發音：

「き」< ki > 的發音，就是子音 < k > ＋ 母音 < i > 一起拼

「く」< ku > 的發音，就是子音 < k > ＋ 母音 < u > 一起拼

「け」< ke > 的發音，就是子音 < k > ＋ 母音 < e > 一起拼

「こ」< ko > 的發音，就是子音 < k > ＋ 母音 < o > 一起拼

所以日語假名的發音，真是太簡單啦！只要腦中時時有左頁的表格，便能輕鬆運用子音和母音，發出正確又漂亮的50音。

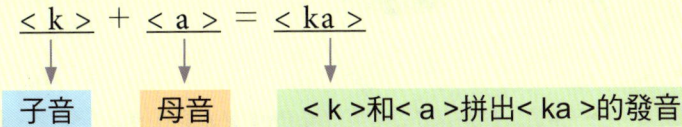

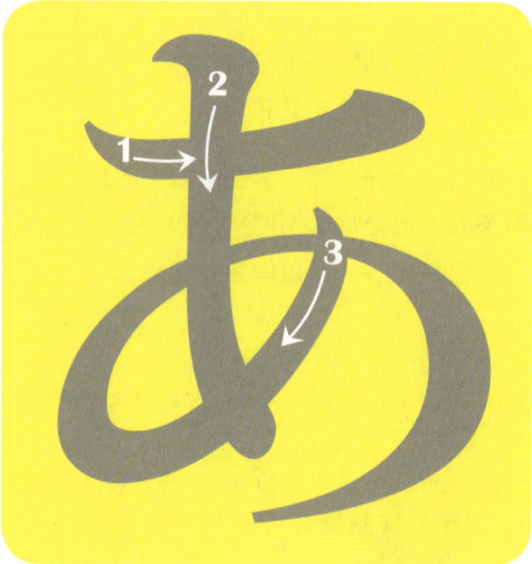

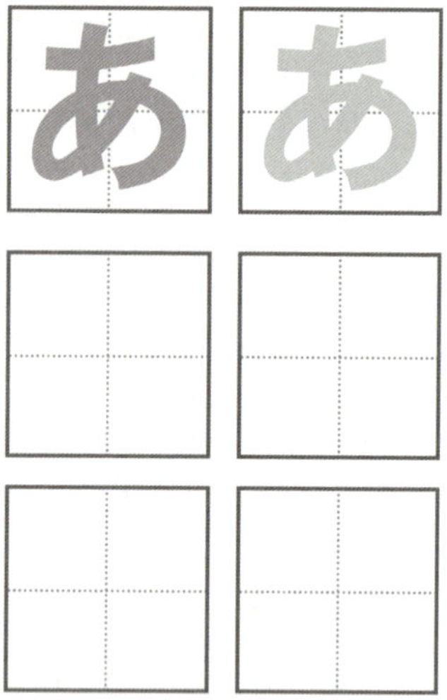

發音重點：

嘴巴自然地張開，
發出類似「阿」的聲音。

あ/ア有什麼？

- **あい【愛】**
  < a.i > 愛

- **あさ【朝】**
  < a.sa > 早晨
- **あした【明日】**
  < a.shi.ta > 明天
- **あたま【頭】**
  < a.ta.ma > 頭

MP3 03

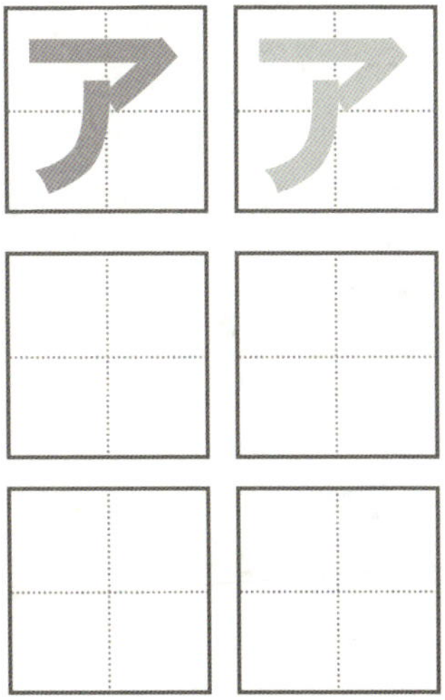

小小叮嚀：

- 平假名第一劃為一橫線，不可以太短，要不然變成像「あ」，就不好看囉！
- 第二劃穿過第一劃向右微彎，注意第二筆劃的尾端，必須凸出於第三筆劃。
- 第三劃由右向左穿過第二劃之後，往上畫一個圈圈再穿過第二劃和第三劃，在右半邊畫一個半圓，左右兩邊圓弧形的地方大約齊高。
- 片假名的筆順依序由左而右、由上而下書寫即可。

説說看

あつい！【暑い・熱い】

< a.tsu.i > 好熱，好燙！

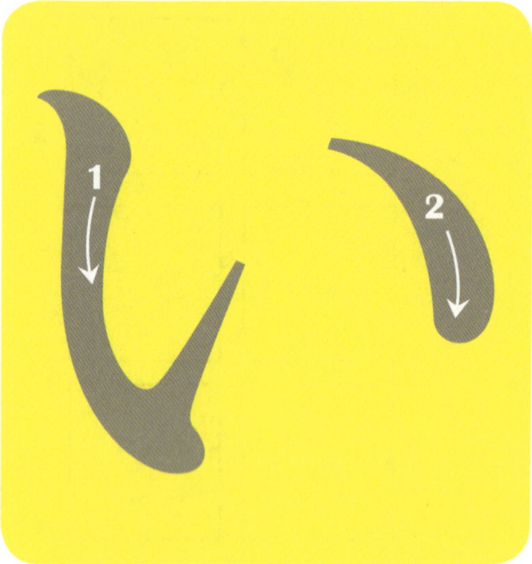

發音重點：

嘴巴平開，
發出類似「伊」的聲音。

い/イ有什麼？

- **いぬ【犬】**
  <i.nu> 狗

- **いえ【家】**
  <i.e> 房子

- **いか【烏賊】**
  <i.ka> 烏賊

- **いす【椅子】**
  <i.su> 椅子

MP3
03

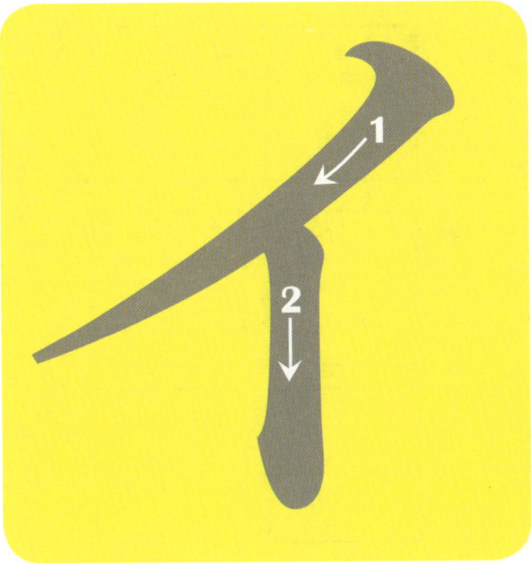

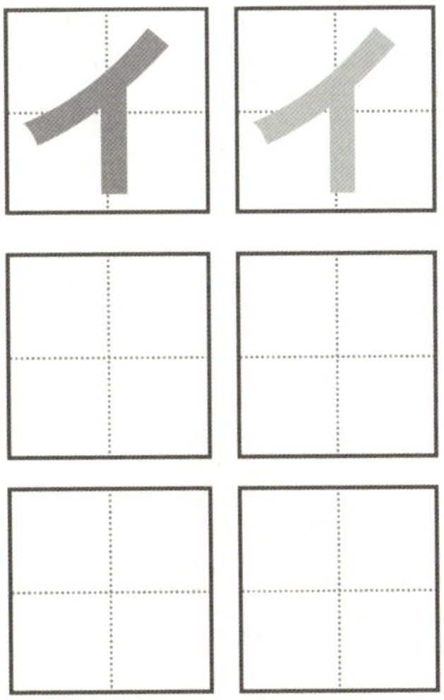

小小叮嚀：

- 平假名第一劃寫下來時，要有點弧度，然後再微微向右上方勾起！
- 第二劃不要太長喔！比一點再長一些，就會剛剛好！
- 片假名的筆順依序由左而右、由上而下書寫即可。

說說看

いくら？【幾ら】

< i.ku.ra > 多少錢？

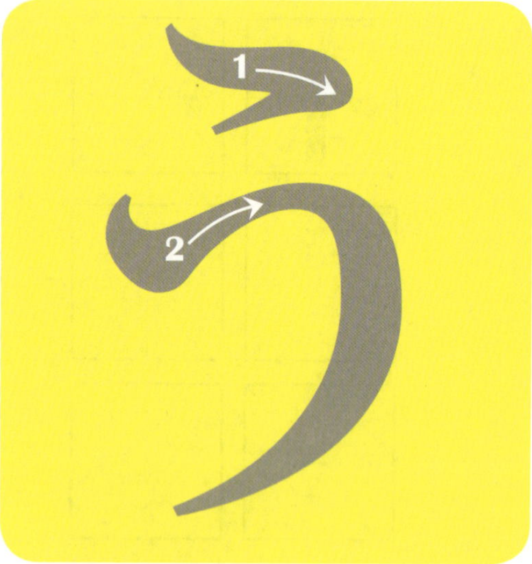

發音重點：

嘴唇扁平，
發出類似「烏」的聲音，
注意嘴型不是圓的喔！

う/ウ有什麼？

- **うし**【牛】
  < u.shi > 牛
- **うみ**【海】
  < u.mi > 海洋

- **うめ**【梅】
  < u.me > 梅子
- **うらない**【占い】
  < u.ra.na.i > 占卜，算命

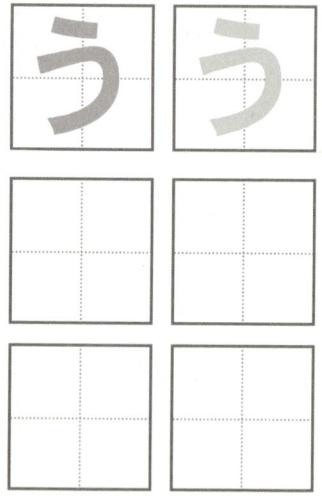

MP3
03

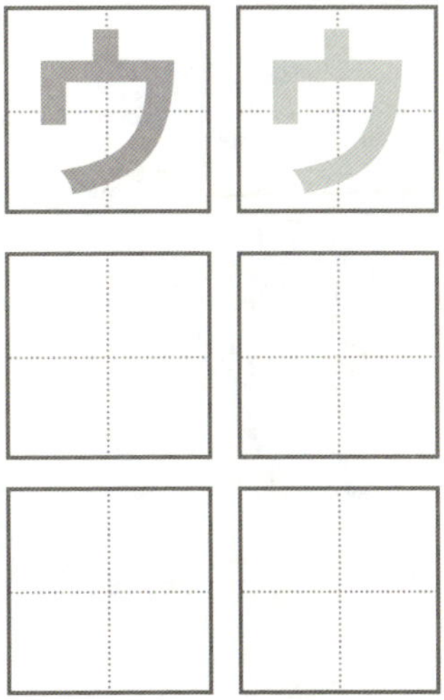

小小叮嚀：

- 平假名第一劃是斜斜的一橫，如果是平平的一橫的話，有可能會被誤認為片假名「ラ」，要特別小心！
- 第二劃由左往右畫一個圓弧形，如果彎下來的地方寫成尖尖的，也會被誤以為是「ラ」，而且不好看呢。
- 片假名的筆順依序由左而右、由上而下書寫即可。

說說看

うれしい。 【嬉しい】

< u.re.shi.i > 好開心。

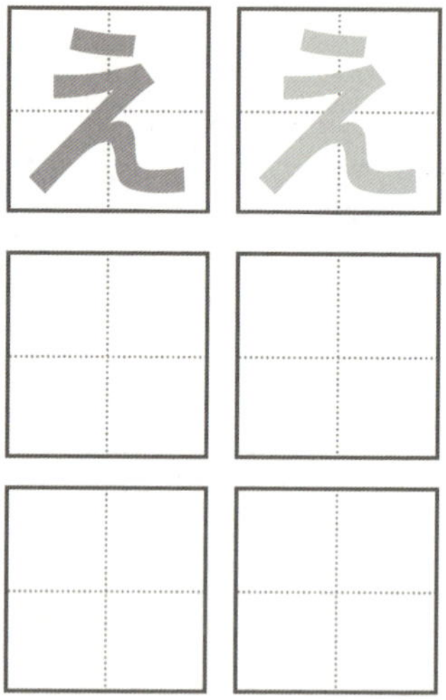

發音重點：

嘴唇往左右展開，
舌尖抵住下排牙齒，
發出類似注音符號「ㄟ」
的聲音。

え/エ有什麼？

- **え**【絵】
  <e> 畫

- **えき**【駅】
  <e.ki> 車站

- **えん**【円】
  <e.n> 圓

- **えのき**
  <e.no.ki> 金針菇

MP3
03

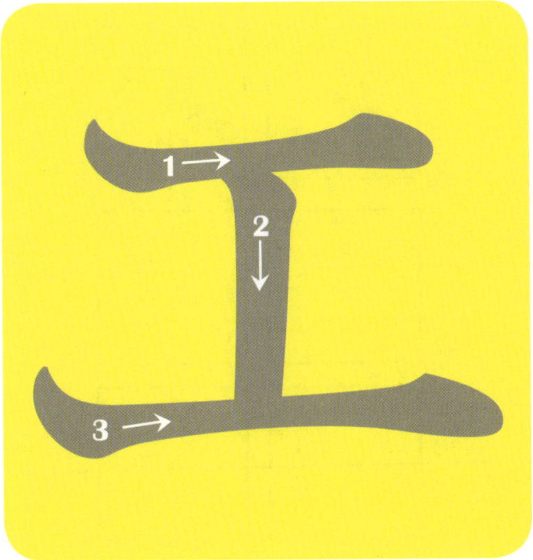

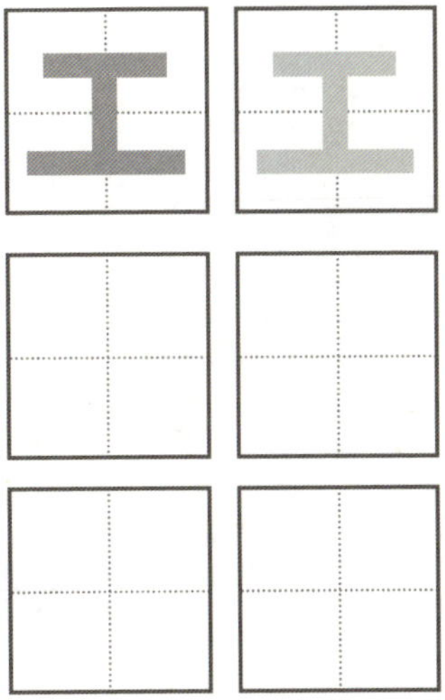

小小叮嚀：

- 平假名第一劃為一點，不是平平的一橫喔！
- 第二筆劃要一氣呵成，斜往左邊的底端和右邊圓弧的地方是在同一高度上。
- 片假名的筆順依序由左而右、由上而下書寫即可。

説説看

えらい！【偉い】

< e.ra.i > 了不起！

發音重點：

嘴角向中間靠攏，
形成圓圓的嘴型，
發出類似「喔」的聲音。

お/オ有什麼？

- **おや**【親】
  < o.ya > 父母
- **おかし**【お菓子】
  < o.ka.shi > 點心，零食
- **おとな**【大人】
  < o.to.na > 大人
- **おまもり**【御守り】
  < o.ma.mo.ri > 護身符

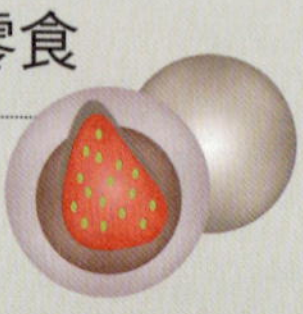

MP3 03

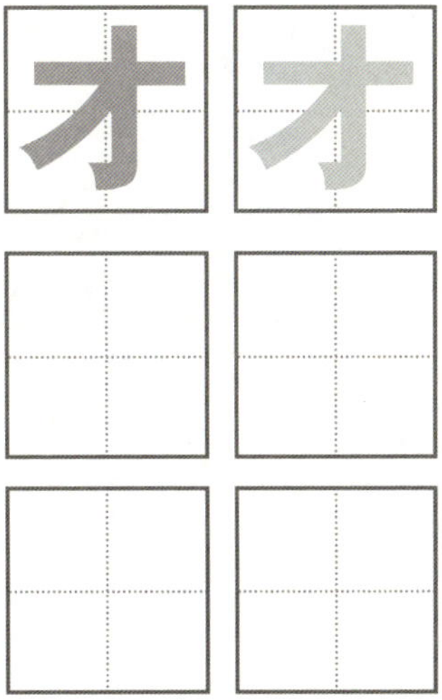

小小叮嚀：

- 平假名第一劃是短短的一橫，太長的話，第三劃的點就沒位置啦！
- 第二劃向下書寫之後，先向左再往右畫一個圈圈，圈圈適中就好，太大或太小都不太好看！
- 第三劃是一點，在右上方、第一劃的旁邊喔。
- 片假名的筆順依序由左而右、由上而下書寫即可。

說說看

おいしい。 【美味しい】

< o.i.shi.i > 好吃。

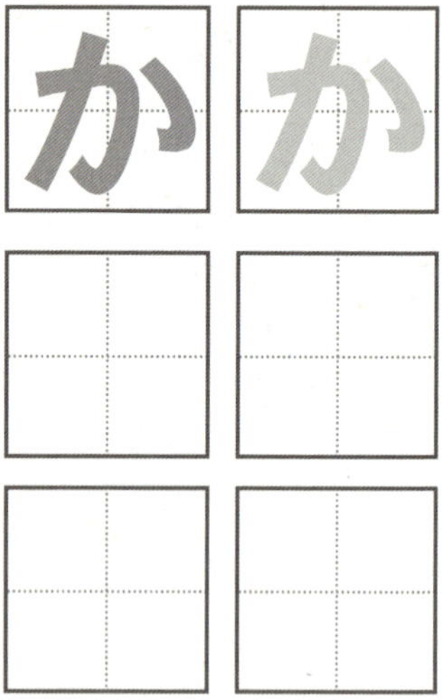

發音重點：

嘴巴自然地張開，
發出類似「咖」的聲音。

か/カ有什麼？

- **かめ**【亀】
  < ka.me > 烏龜
- **かさ**【傘】
  < ka.sa > 傘
- **かに**【蟹】
  < ka.ni > 螃蟹
- **かえる**【蛙】
  < ka.e.ru > 青蛙

MP3 04

小小叮嚀：

- 平假名第一劃彎下來之後，微微向左上方勾。
- 第二劃為一斜線，由右上往左下書寫，寫出來之後，類似中文的「力」。
- 第三劃為一點，不要離第一劃太遠喔！
- 片假名的筆順依序由左而右、由上而下書寫即可。

說說看

かわいい。 【可愛い】

< ka.wa.i.i > 可愛。

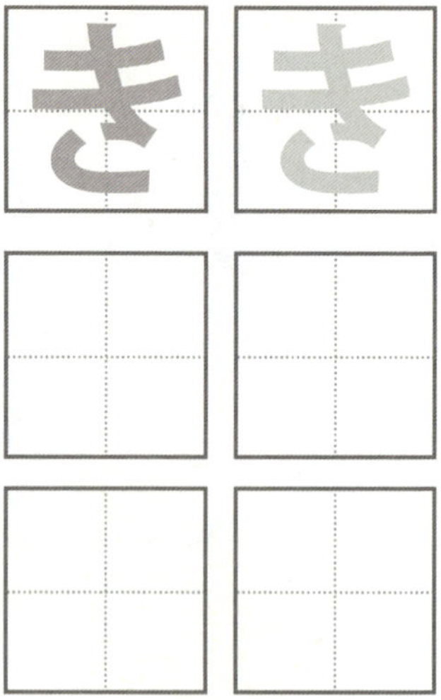

發音重點：

嘴巴平開，發出類似台語「起床」的「起」的聲音。

き/キ有什麼？

- **き**【木】
  < ki > 樹木

- **きく**【菊】
  < ki.ku > 菊花

- **きもち**【気持ち】
  < ki.mo.chi > 心情，情緒

- **きりん**【麒麟】
  < ki.ri.n > 長頸鹿

MP3 04

小小叮嚀：

・平假名寫第一劃和第二劃時，稍微斜往右上方，兩筆劃需平行，第二劃比第一劃再長一些。第三劃由左上往右下寫下來，然後再往左邊凸出一點點。第四劃很像延伸第三劃畫出半個扁圈圈的末端。
・日文有多種印刷體，第三劃跟第四劃連在一起，寫成「き」，也不算錯哦。
・片假名的筆順依序由左而右、由上而下書寫即可。

說說看

きれい。

【綺麗】

< ki.re.e > 漂亮。

發音重點：

嘴角向中間靠攏，
發出類似「哭」的聲音。

く/ク有什麼？

- **くま【熊】**
  < ku.ma > 熊
- **くち【口】**
  < ku.chi > 嘴巴

- **くつ【靴】**
  < ku.tsu > 鞋子
- **くるま【車】**
  < ku.ru.ma > 車子

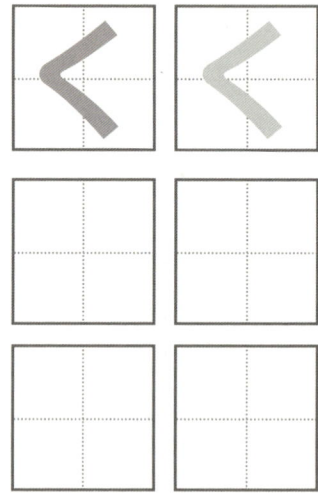

MP3
04

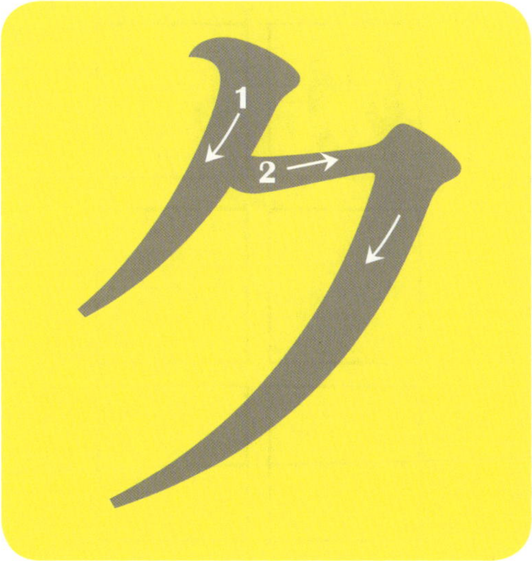

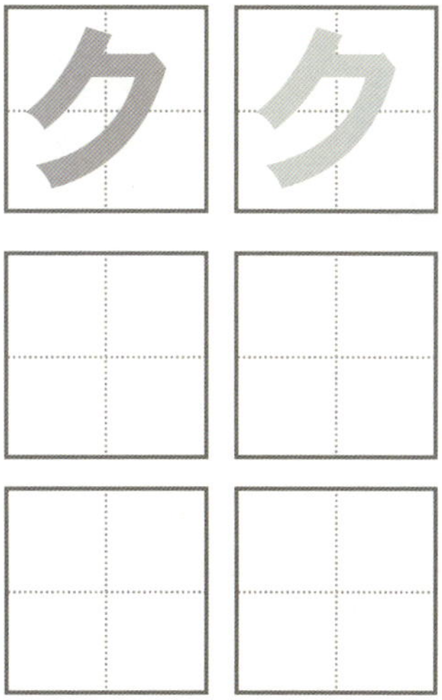

小小叮嚀：

- 平假名一筆劃完成，中間彎下來的地方不要太尖，但也不是圓弧形喔！
- 很像注音符號的「ㄑ」。
- 片假名的筆順依序由左而右、由上而下書寫即可。

說說看

くやしい！【悔しい】

< ku.ya.shi.i > 不甘心！

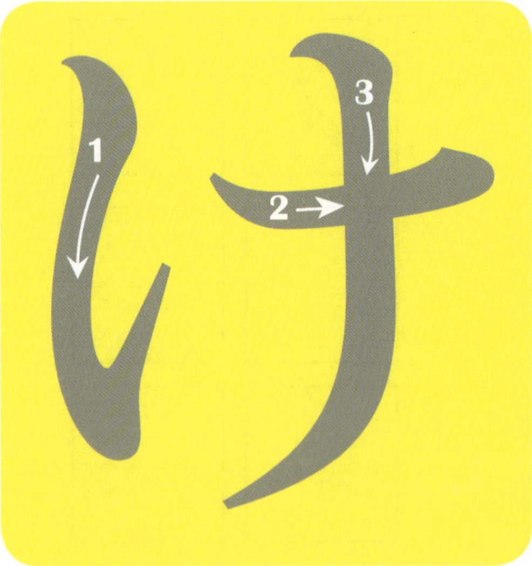

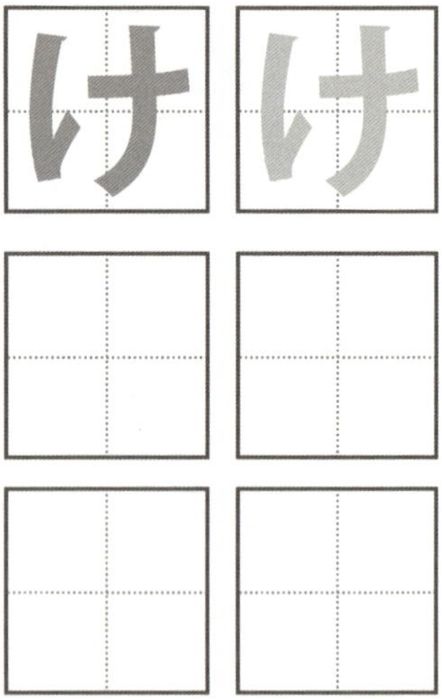

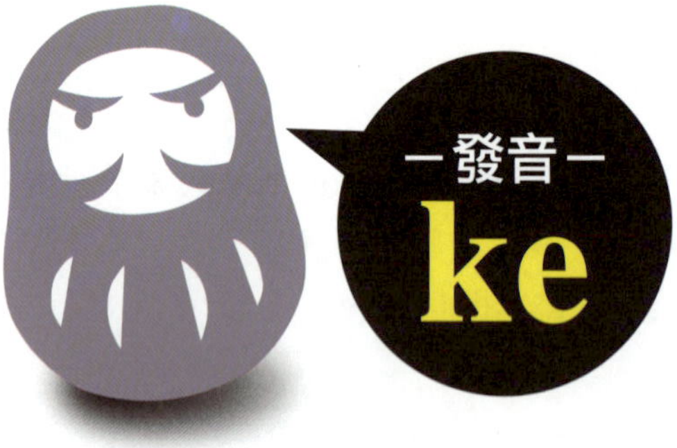

發音重點：

嘴唇往左右展開，發出類似英文字母「K」的聲音。

け/ケ有什麼？

- **け**【毛】
  < ke > 毛
- **けつい**【決意】
  < ke.tsu.i > 決心

- **けむり**【煙】
  < ke.mu.ri > 煙
- **けむし**【毛虫】
  < ke.mu.shi > 毛毛蟲

MP3 04

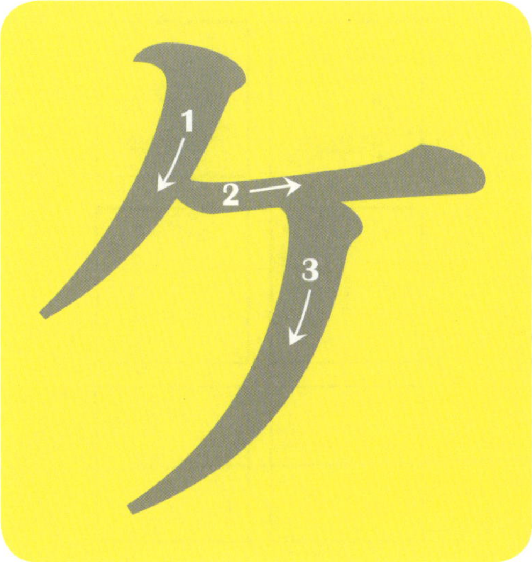

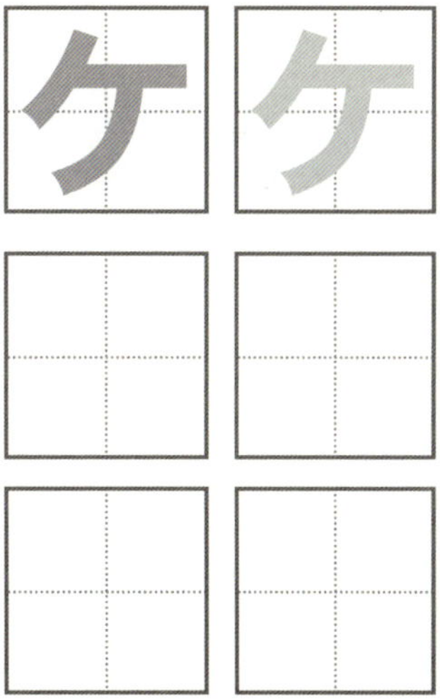

小小叮嚀：

- 平假名第一劃有點弧度地往下劃，尾端部分向右上微勾。第二劃為一橫，長短適中就好，太長或太短都不好看！寫第三劃時，直線下來之後向左微彎，不是整筆劃都是彎的喔。
- 日文有各種印刷體，第一劃沒有勾起來，寫成「け」，也不算錯哦！
- 片假名的筆順依序由左而右、由上而下書寫即可。

說說看

けち！

< ke.chi > 小氣鬼！

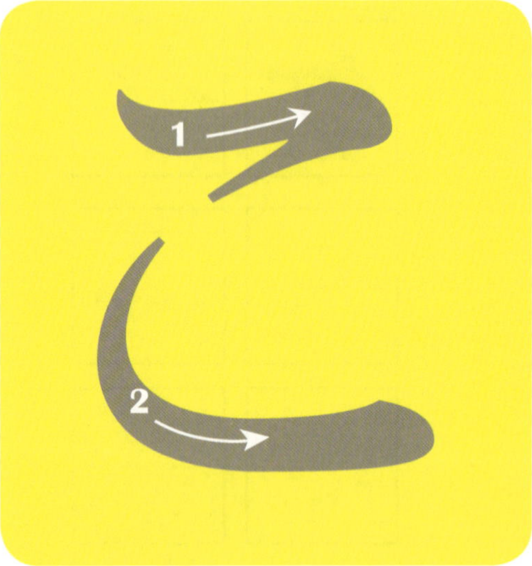

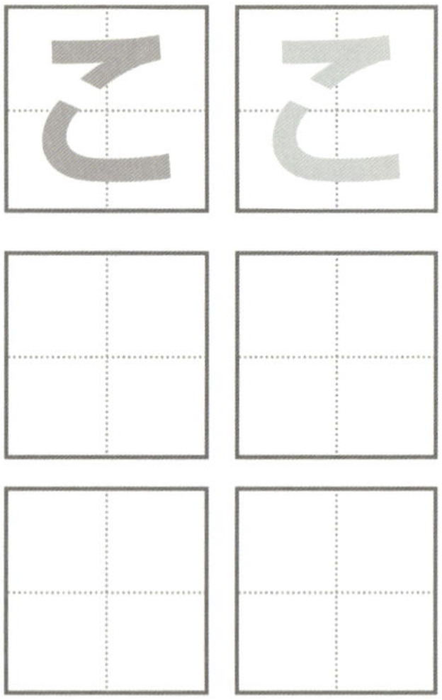

發音重點：

嘴唇呈圓形，發出類似台語「元」的聲音。

こ/コ有什麼？

- **こえ**【声】
  < ko.e > 聲音
- **こめ**【米】
  < ko.me > 米
- **こたえ**【答え】
  < ko.ta.e > 答應，解答
- **こころ**【心】
  < ko.ko.ro > 心

MP3 04

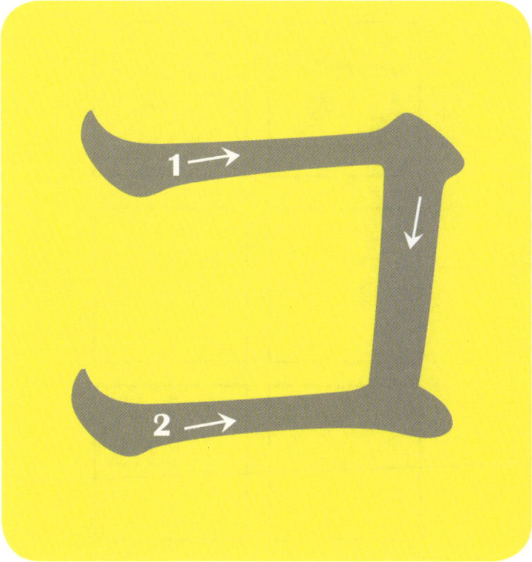

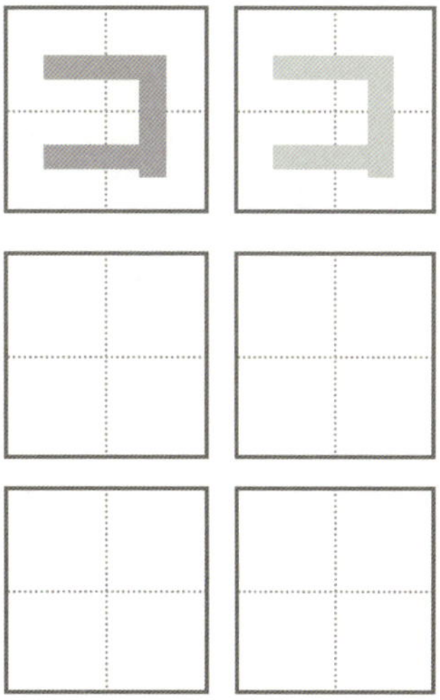

小小叮嚀：

· 平假名第一劃的右邊向左下微勾。
· 第二劃是彎彎的由左往右寫，但不是像括號「︶」一樣那麼彎喔！
· 寫成「こ」，也就是第一劃和第二劃沒有連結的感覺，也不算錯哦！
· 片假名的筆順依序由左而右、由上而下書寫即可。

說說看

これ！

< ko.re > 這個！

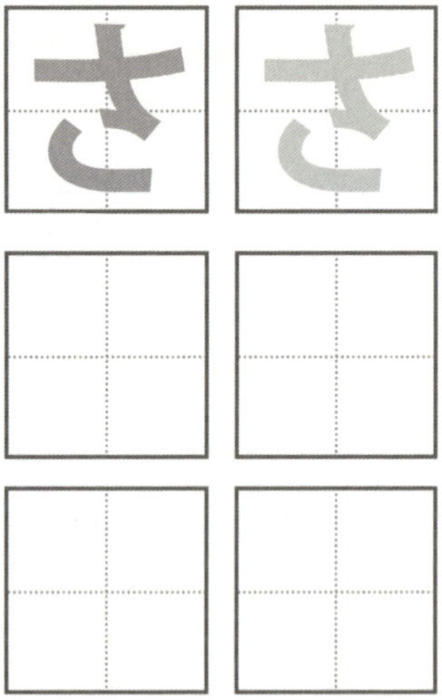

發音重點：

嘴巴自然地張開，
發出類似「撒」的聲音。

さ/サ有什麼？

- **さる【猿】**
  < sa.ru > 猴子

- **さくら【桜】**
  < sa.ku.ra > 櫻花

- **さしみ【刺身】**
  < sa.shi.mi > 生魚片
- **さいふ【財布】**
  < sa.i.fu > 錢包

MP3
05

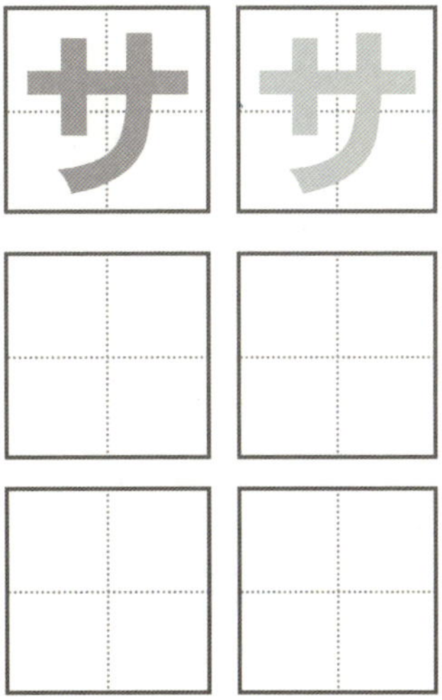

小小叮嚀：

- 平假名的這個字就像之前教過的「き」，只是兩條橫線變成一條橫線而已。
- 要特別注意的地方是第二劃和第三劃，第二劃往左邊凸出的一點點，要和第三劃有能夠連接成一個扁圈圈的感覺喔！
- 第二劃和第三劃連在一起，成一個扁圈圈的「さ」，也不算錯喔！
- 片假名的筆順依序由左而右、由上而下書寫即可。

說說看

さいこう。 【最高】

< sa.i.ko.o > 太棒了！

發音重點：

牙齒微微咬合，
嘴角往兩旁延展，
發出類似「西」的聲音。

し/シ有什麼？

- **しお【塩】**
  < shi.o > 鹽巴

- **しろ【白】**
  < shi.ro > 白色

- **しけん【試験】**
  < shi.ke.n > 考試

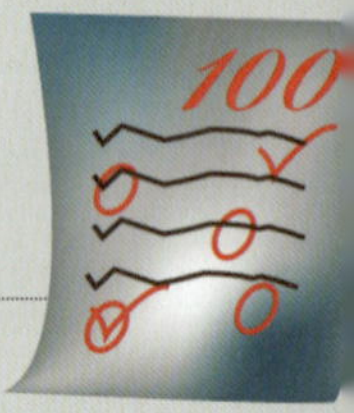

- **しかく【四角】**
  < shi.ka.ku > 四角形，方形

MP3 05

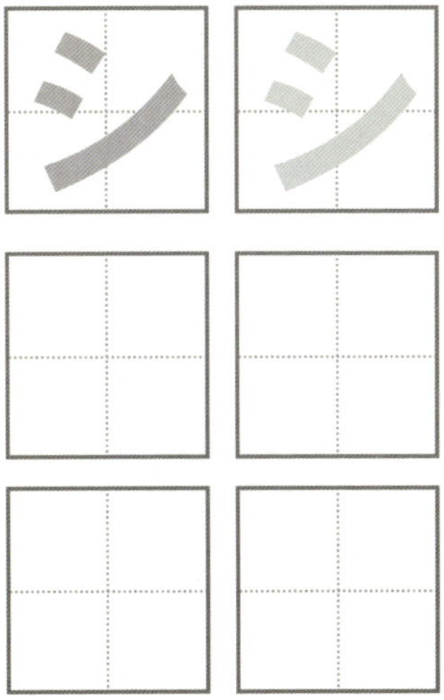

小小叮嚀：

- 平假名直線先往下再向右上方勾起。
- 注意勾起來的地方要有弧度，否則像片假名「レ」，那就糟糕了！
- 片假名的筆順依序由左而右、由上而下書寫即可。

說說看

しらない。

【知らない】

< shi.ra.na.i > 不知道。

發音重點：

嘴角向中間靠攏，發出類似「蘇」的聲音，但是要注意嘴型不是嘟起來的喔！

す/ス有什麼？

- **す【酢】**
  < su > 醋
- **すり**
  < su.ri > 扒手
- **すし【寿司・鮨】**
  < su.shi > 壽司

- **すいか【西瓜】**
  < su.i.ka > 西瓜

MP3
05

小小叮嚀：

- 平假名第一劃為一橫，可以稍微長一點。
- 第二劃直線下來之後，往左邊由下往上繞一個圈圈，圈圈繞完再回到同一條直線上，接著向下往左彎。
- 小心！如果圈圈沒有回到同一條直線上的話，有可能會被誤認為「お」喔！
- 片假名的筆順依序由左而右、由上而下書寫即可。

説說看

すみません。

< su.mi.ma.se.n > 對不起。

せ せ

發音重點：

嘴唇往左右展開，發出類似台語「洗」的輕聲。

せ/セ有什麼？

- **せ【背】**
  <se> 身高，後背

- **せわ【世話】**
  <se.wa> 照顧

- **せみ【蟬】**
  <se.mi> 蟬

- **せかい【世界】**
  <se.ka.i> 世界

MP3 05

小小叮嚀：

- 平假名第一劃為一橫線。第二劃直線下來以後向左上方微勾。第三劃是一直線下來向右彎，有點像是注音符號「せ」。
- 第二劃沒有勾起來，寫成「せ」也不算錯哦！
- 片假名的筆順依序由左而右、由上而下書寫即可。

說說看

せんせい！【先生】

< se.n.se.e > 老師！

發音重點：

嘴唇呈圓形，發出類似「搜」的聲音。

そ/ソ有什麼？

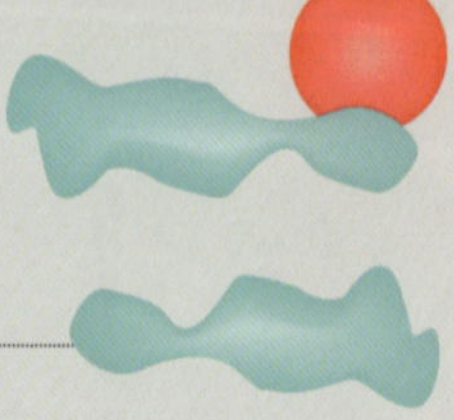

- **そら**【空】
  < so.ra > 天空
- **そん**【損】
  < so.n > 損失
- **そと**【外】
  < so.to > 外面
- **そこく**【祖国】
  < so.ko.ku > 祖國

MP3 05

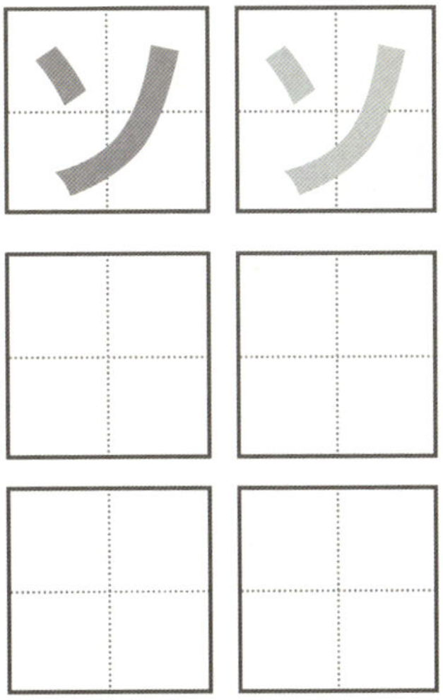

小小叮嚀：

- 注意平假名這個字只有一筆劃喔。第一筆點下去以後直接向右走，接著一氣呵成從右上往左下寫一個「ㄙ」的形狀，之後再沿著原來的橫線往左下畫一個半圓，注意這時不是「ㄙ」喔，要小心！
- 如果寫成「そ」，也就是第一劃和第二劃分開，也不算錯哦！
- 片假名的筆順依序由左而右、由上而下書寫即可。

說說看

そのとおり！

【その通り】 < so.no to.o.ri > 沒錯！

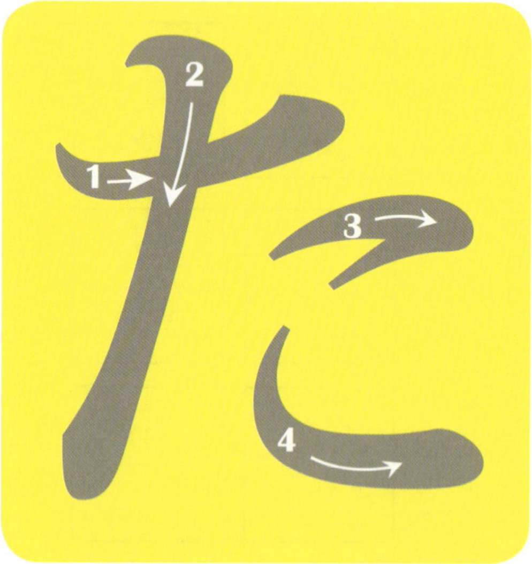

發音重點：

嘴巴自然地張開，
發出類似「他」的聲音。

た/タ有什麼？

- **たこ**【蛸】
  < ta.ko > 章魚
- **たけ**【竹】
  < ta.ke > 竹子
- **たたみ**【畳】
  < ta.ta.mi > 榻榻米
- **たこやき**【蛸焼き】
  < ta.ko.ya.ki > 章魚燒

MP3 06

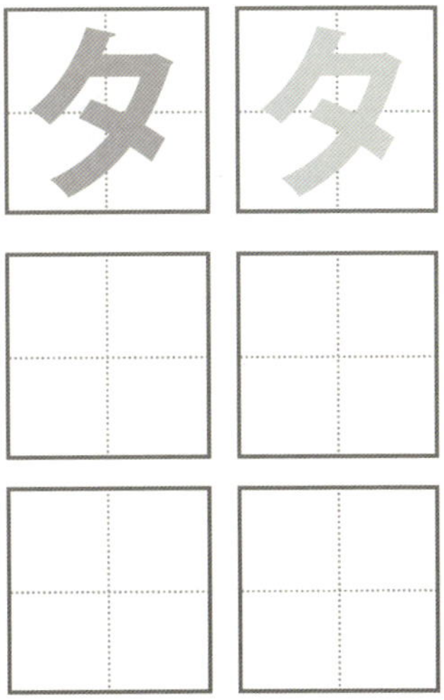

小小叮嚀：

- 平假名的第一劃不用太長，第二劃大約從第一劃的中間往左下方穿過，是一條斜線。
- 第三劃位置在第一劃的下方偏右，可以稍微彎彎的。
- 第四劃和第三劃加起來有點像是「こ」，可以用這個方式來練習喔！
- 片假名的筆順依序由左而右、由上而下書寫即可。

說說看

たかい。

【高い】

< ta.ka.i > 很貴，很高。

ち ち

發音重點：

嘴巴扁平，
發出類似「七」的聲音。

ち/チ有什麼？

- **ち**【血】
  < chi > 血

- **ちち**【父】
  < chi.chi > 家父

- **ちこく**【遲刻】
  < chi.ko.ku > 遲到

- **ちまき**【粽】
  < chi.ma.ki > 粽子

MP3 06

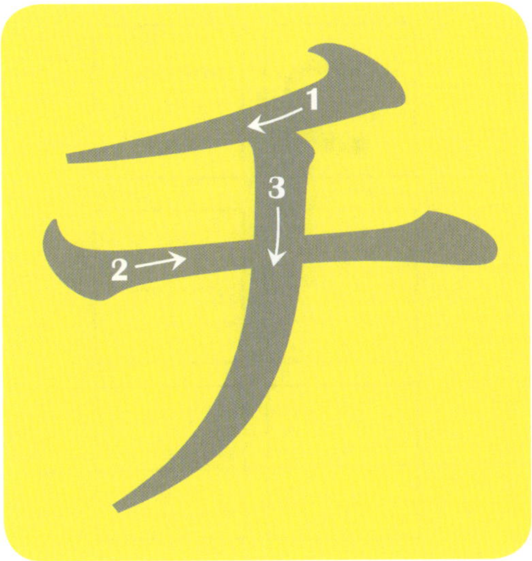

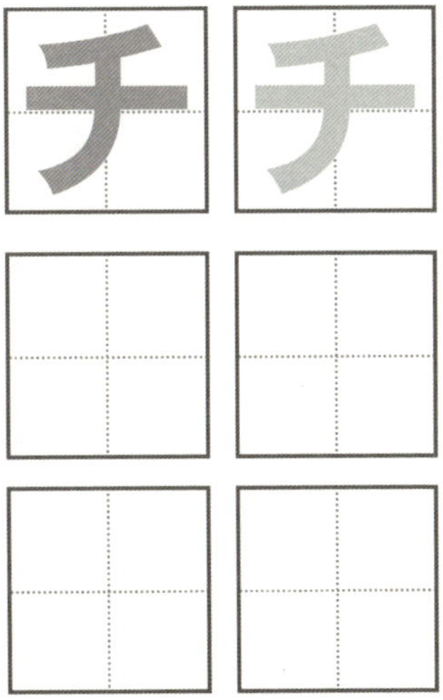

小小叮嚀：

- 平假名的第一劃為短短一橫線。
- 第二劃從第一劃中間畫下來之後，向右邊畫一個扁圈圈，但是圈圈末端沒有連在一起喔！
- 片假名的筆順依序由左而右、由上而下書寫即可。

說說看

ちいさい。

【小さい】

< chi.i.sa.i > 很小。

發音重點：

牙齒微微咬合，從牙齒中間迸出類似「粗」的聲音，但嘴型是扁的喔。

つ/ツ有什麼？

- **つき**【月】
  < tsu.ki > 月亮

- **つくえ**【机】
  < tsu.ku.e > 桌子

- **つめ**【爪】
  < tsu.me > 指甲

- **つなみ**【津波】
  < tsu.na.mi > 海嘯

MP3 06

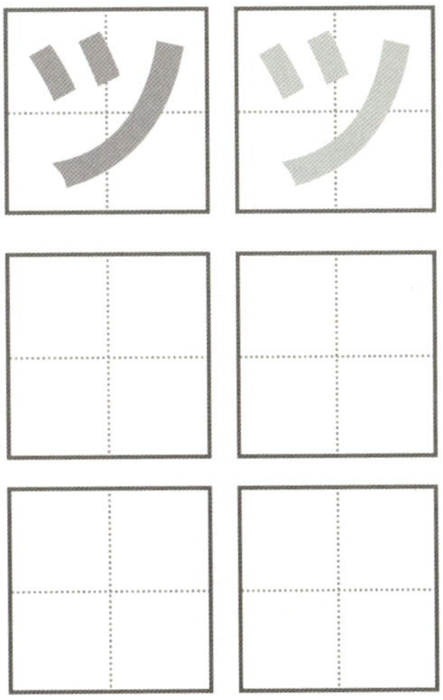

小小叮嚀：

· 平假名的這個字為一筆劃，整體看起來就像是一個扁圈圈。
· 筆劃由左斜往右邊之後，彎一個弧形下來，大約對應在上面一橫的中間就可以了。
· 片假名的筆順依序由左而右、由上而下書寫即可。

說說看

つまらない。

< tsu.ma.ra.na.i > 無聊。

發音重點：

舌尖輕彈上齒，發出類似台語「拿」的聲音。

て/テ有什麼？

- **て【手】**
  < te > 手

- **てき【敵】**
  < te.ki > 敵人，對手

- **てつ【鉄】**
  < te.tsu > 鐵

- **てんし【天使】**
  < te.n.shi > 天使

MP3 06

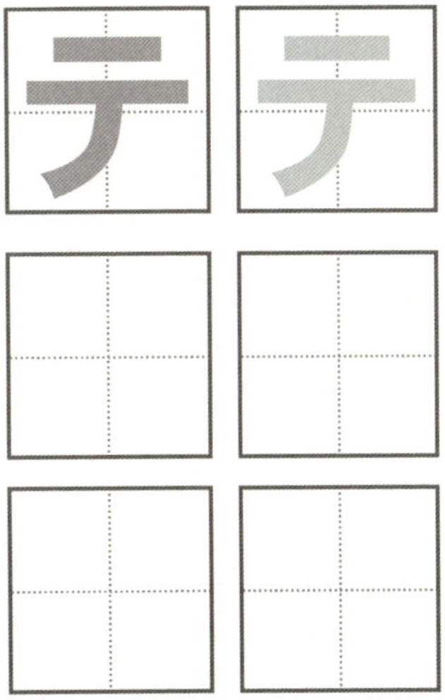

小小叮嚀：

- 平假名的這個字也是一筆劃，不同的是，筆劃由左斜往右邊之後，再往左沿著原來的橫線彎一個弧形下來，形成一個半圓。
- 片假名的筆順依序由左而右、由上而下書寫即可。

說說看

てんさい！【天才】

< te.n.sa.i > 天才！

發音重點：

嘴唇呈圓形，發出類似「偷」的聲音。

と/ア有什麼？

- **とり【鳥】**
  < to.ri > 鳥

- **とし【年】**
  < to.shi > 年齡
- **とら【虎】**
  < to.ra > 老虎
- **とうふ【豆腐】**
  < to.o.fu > 豆腐

MP3 06

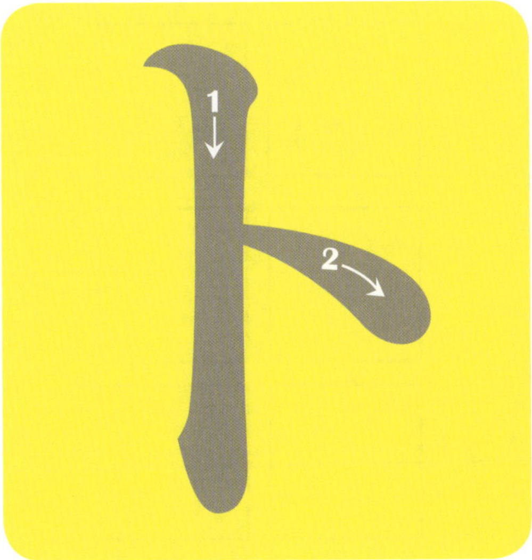

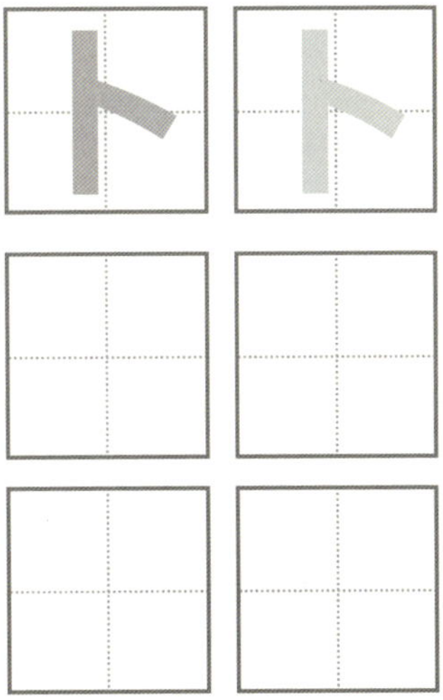

小小叮嚀：

- 平假名第一劃不是直直的、而是微微傾斜的直線，比一點再長一些。
- 第二劃就像是注音符號的「ㄙ」，不過比較扁，彎曲的地方是圓弧的喔！
- 片假名的筆順依序由左而右、由上而下書寫即可。

說說看

とてもすき！

【とても好き】< to.te.mo su.ki > 非常喜歡！

發音重點：

嘴巴自然地張開，發出類似「那」的輕聲。

な/ナ有什麼？

- **なす**【茄子】
  < na.su > 茄子

- **なつ**【夏】
  < na.tsu > 夏天

- **なみ**【波】
  < na.mi > 波浪

- **なまえ**【名前】
  < na.ma.e > 名字

MP3 07

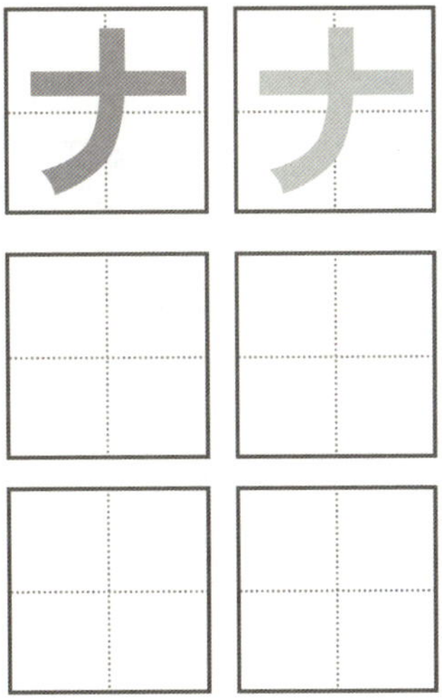

小小叮嚀：

- 平假名第一劃和第二劃就像是「た」的左半邊。
- 第三劃是右上方的點。
- 第四劃從點的下方向下往左畫一個小圈圈之後，再往右邊結束。
- 片假名的筆順依序由左而右、由上而下書寫即可。

説說看

なつかしい！

【懐かしい】< na.tsu.ka.shi.i > 好懷念！

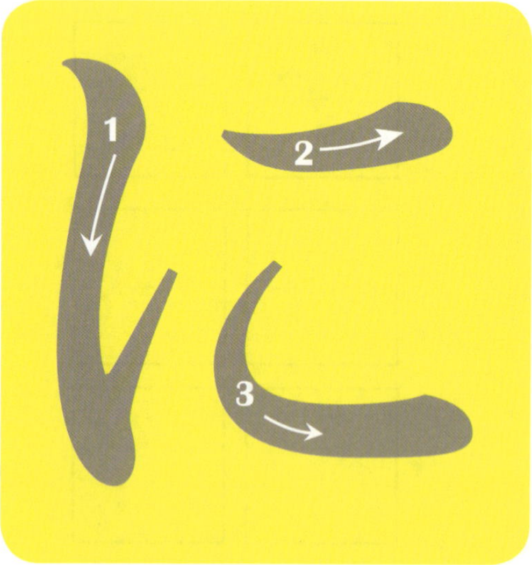

發音重點：

舌尖抵住上齒，發出類似「你」的輕聲。

に/ニ有什麼？

- **にく【肉】**
  < ni.ku > 肉

- **におい【匂い】**
  < ni.o.i > 香味

- **にほん【日本】**
  < ni.ho.n > 日本

- **にわとり【鶏】**
  < ni.wa.to.ri > 雞

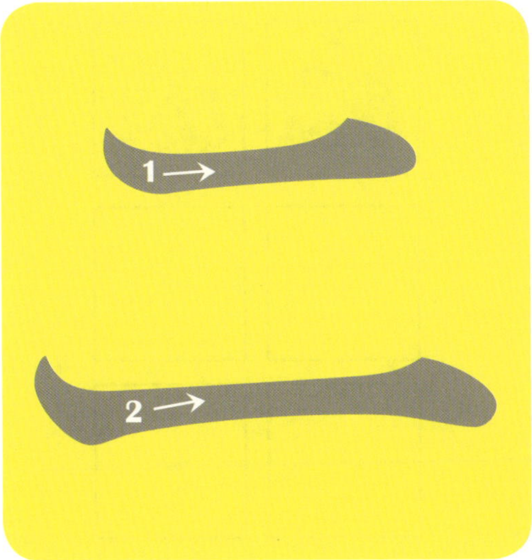

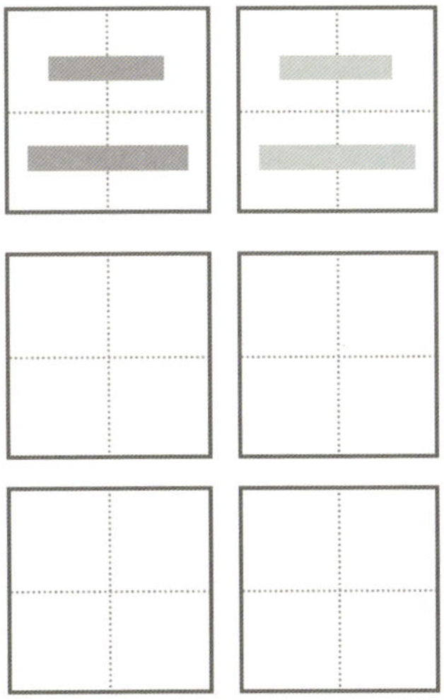

小小叮嚀：

- 平假名第一劃是由上往下的微彎直線，寫到底時再往右上方輕輕勾起。
- 第二劃加第三劃就像是「こ」，這兩條短橫線要稍微彎彎的喔！
- 第一劃沒有勾起來，寫成「に」，也不算錯哦！
- 片假名的筆順依序由左而右、由上而下書寫即可。

説説看

にんきもの。【人気者】

< ni.n.ki.mo.no > 受歡迎的人。

ぬ ぬ

發音重點：

嘴角向中間靠攏，發出類似「奴」的輕聲。

ぬ/ヌ有什麼？

- **ぬの**【布】
  < nu.no > 布
- **ぬま**【沼】
  < nu.ma > 沼澤

- **ぬりえ**【塗り絵】
  < nu.ri.e > 著色畫（本）
- **ぬるまゆ**【ぬるま湯】
  < nu.ru.ma.yu > 溫水

MP3
07

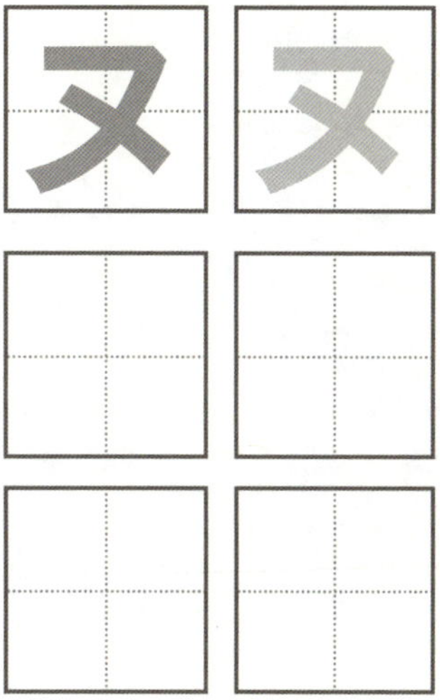

小小叮嚀：

- 平假名第一劃往右下方寫下一條圓弧線。
- 第二劃先從右上往左下穿過第一劃之後，繞一個圈圈再穿過第一劃和第二劃，在右半邊畫一個半圓，接著再畫一個扁圈圈由左往右穿過半圓的弧線。
- 片假名的筆順依序由左而右、由上而下書寫即可。

説説看

ぬすまれた。

【盗まれた】< nu.su.ma.re.ta > 被偷了。

ね ね

發音重點：

嘴巴向左右微開，發出類似「ㄋㄟ」的聲音。

ね/ネ有什麼？

- **ねこ【猫】**
  < ne.ko > 貓

- **ねつ【熱】**
  < ne.tsu > 熱，發燒

- **ねつい【熱意】**
  < ne.tsu.i > 熱情

- **ねんまつ【年末】**
  < ne.n.ma.tsu > 年終

MP3 07

小小叮嚀：

・平假名第一劃是一豎。
・第二劃先寫一短橫線凸出第一劃一點點之後，再向左下穿過第一劃寫一斜線，接著拉起往右邊第三次穿過第一劃向右半邊畫一個半圓，就像是「ぬ」的右邊一樣。
・片假名的筆順依序由左而右、由上而下書寫即可。

說說看

ねむい。 【眠い】

< ne.mu.i > 想睡覺。

發音重點：

嘴唇呈圓形，發出類似英文「NO」的輕聲。

の/ノ有什麼？

のり【海苔】

< no.ri > 海苔

のりまき【海苔巻き】

< no.ri.ma.ki > 海苔卷壽司

のりもの【乗り物】

< no.ri.mo.no > 交通工具

のみもの【飲み物】

< no.mi.mo.no > 飲料

MP3 07

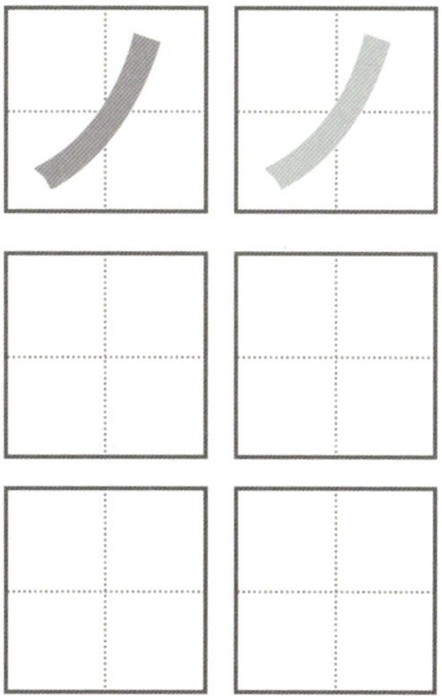

小小叮嚀：

・平假名的這個字只有一筆劃。
・從中間往左邊寫下一斜線之後，由下往上畫一個繞過斜線頂點的圓圈，但是注意末端沒有連接在一起喔！
・片假名的筆順依序由左而右、由上而下書寫即可。

說說看

のろま！

< no.ro.ma > 真遲鈍！

學習目標

1. 學習清音中「は」、「ま」、「や」、「ら」、「わ」行20個清音的發音，及其平假名和片假名的寫法。
2. 學習鼻音「ん」的發音，及其平假名和片假名的寫法。
3. 學習相關實用單字。
4. 開口說說看。

DAY 2 清音（2）／鼻音

今日學習重點

MP3 08/09

清音表（2）＋鼻音表

段／行	あ段（a）		い段（i）		う段（u）		え段（e）		お段（o）	
	平假名	片假名	平假名	片假名	平假名	片假名	平假名	片假名	平假名	片假名
は行（h）	は	ハ	ひ	ヒ	ふ	フ	へ	ヘ	ほ	ホ
	ha		**hi**		**fu**		**he**		**ho**	
ま行（m）	ま	マ	み	ミ	む	ム	め	メ	も	モ
	ma		**mi**		**mu**		**me**		**mo**	
や行（y）	や	ヤ			ゆ	ユ			よ	ヨ
	ya				**yu**				**yo**	
ら行（r）	ら	ラ	り	リ	る	ル	れ	レ	ろ	ロ
	ra		**ri**		**ru**		**re**		**ro**	
わ行（w）	わ	ワ							を	ヲ
	wa								**o**	
鼻音	ん	ン								
	n									

❶ 日語總共有45個清音，第二天我們繼續學習後面20個。之後，再學習鼻音「ん」。

❷ 左頁的表格裡，橫的叫做「段」，依舊是「あ段」、「い段」、「う段」、「え段」、「お段」，總共五段，發音分別是母音< a >、< i >、< u >、< e >、< o >。

❸ 左頁的表格裡，直的叫做「行」，有「は行」、「ま行」、「や行」、「ら行」、「わ行」，發音分別是子音< h >、< m >、< y >、< r >、< w >。

❹ 這20個清音，也是靠子音和母音搭配唸出。例如「は行」的第一個假名「は」：

假名「は」的發音

< h > ＋ < a > ＝ < ha >

子音 ↑ 母音 ↑ < h >和< a >拼出< ha >的發音

同理，「は行」其他假名的發音：

「ひ」< hi >的發音，就是子音< h > ＋母音< i >一起拼

「ふ」< hu >< fu >的發音，就是子音< h > ＋母音< u >一起拼

「へ」< he >的發音，就是子音< h > ＋母音< e >一起拼

「ほ」< ho >的發音，就是子音< h > ＋母音< o >一起拼

❺ 要注意的是，「や行」只有三個假名，分別是「や」、「ゆ」、「よ」。「わ行」只有二個假名，分別是「わ」和「を」。

❻ 左頁表格裡，雖然把鼻音「ん」和清音放在一起學習，但其實它並不算在50音之內。

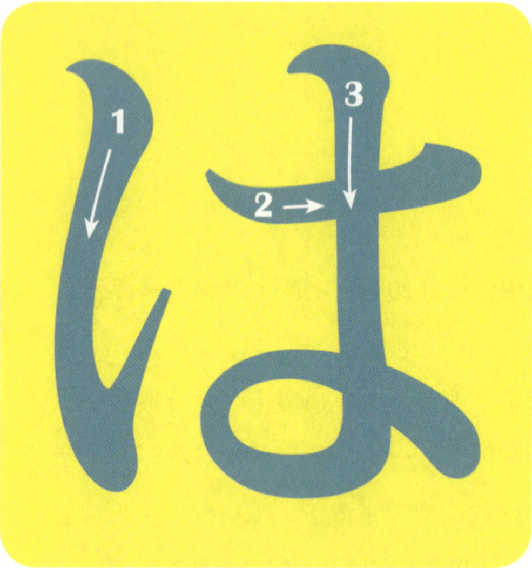

發音重點：

嘴巴自然地張開，
發出類似「哈」的聲音。

は/ハ有什麼？

- **は【歯】**
  < ha > 牙齒

- **はは【母】**
  < ha.ha > 家母

- **はと【鳩】**
  < ha.to > 鴿子

- **はなし【話・話し】**
  < ha.na.shi > 話，談話

MP3 10

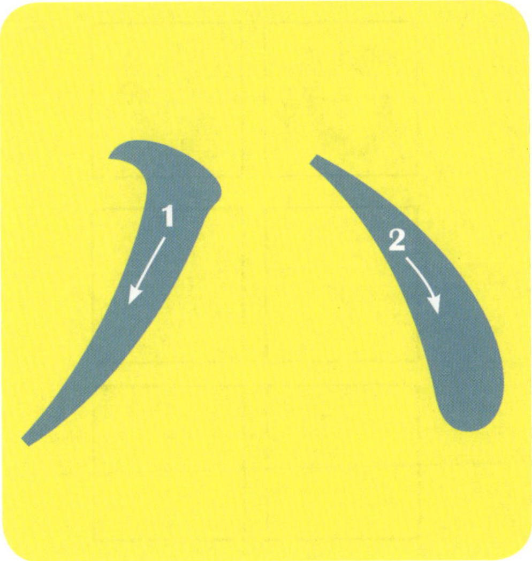

小小叮嚀：

- 平假名第一劃和「に」的左半邊一樣，是有點彎曲的直線微微往右上方勾起。但是沒有勾，寫成「は」也不算錯哦！
- 第二劃為一橫線，第三劃從第二劃的中間偏右邊穿過，尾端就像是「な」的右下方一樣，有個扁圈圈。
- 片假名的筆順依序由左而右、由上而下書寫即可。

說說看

はい。

< ha.i > 是的。

發音重點：

嘴角往兩側延展，發出類似台語「希」的聲音。

ひ/ヒ 有什麼？

- **ひと【人】**
  < hi.to > 人
- **ひとり【一人】**
  < hi.to.ri > 一個人
- **ひま【暇】**
  < hi.ma > 閒暇
- **ひみつ【秘密】**
  < hi.mi.tsu > 秘密

小小叮嚀：

- 平假名的這個字只有一筆劃。
- 有點像是英文的「U」，但是必須先寫短短一橫，再寫有點傾斜的「U」，最後再往右下方寫下一斜線。
- 片假名的筆順依序由左而右、由上而下書寫即可。

説說看

ひとやすみ。

【一休み】< hi.to.ya.su.mi > 休息一下。

發音重點：

以扁唇發出類似「呼」的聲音。

ふ/フ有什麼？

- **ふく**【服】
  < fu.ku > 衣服

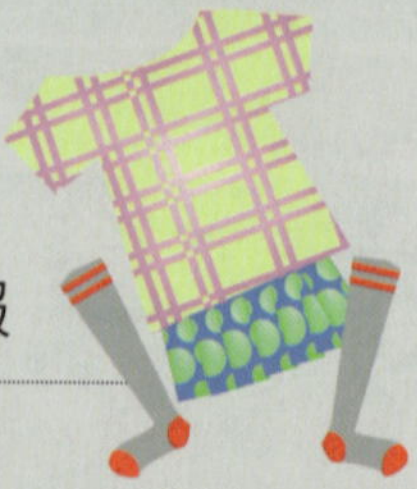

- **ふね**【船】
  < fu.ne > 船

- **ふた**【蓋】
  < fu.ta > 蓋子

- **ふくろ**【袋】
  < fu.ku.ro > 袋子

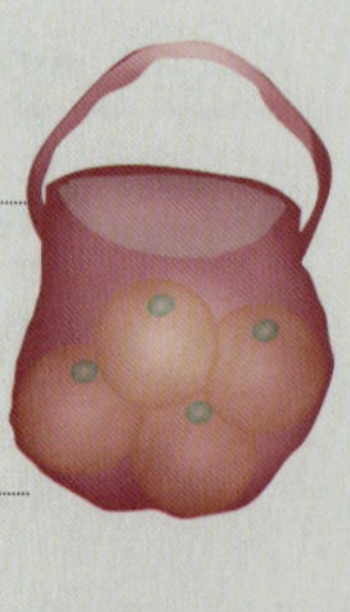

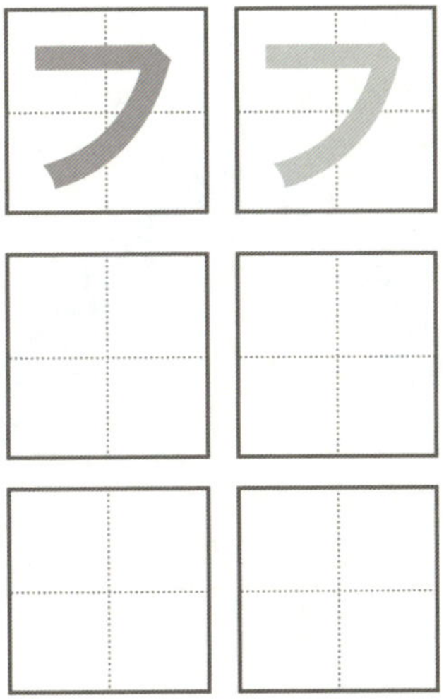

小小叮嚀：

- 平假名第一劃是一點，而第二筆劃是在第一劃的下面往左上一勾，第一劃和第二劃有點像是沒連在一起的「了」。
- 第三劃是在第二劃的左邊寫下一點。第四劃是在第二劃的右邊寫下一點。
- 第一劃和第二劃連在一起，寫成「ふ」也不算錯哦！
- 片假名的筆順依序由左而右、由上而下書寫即可。

說說看

ふつう。【普通】

< fu.tsu.u > 普通。

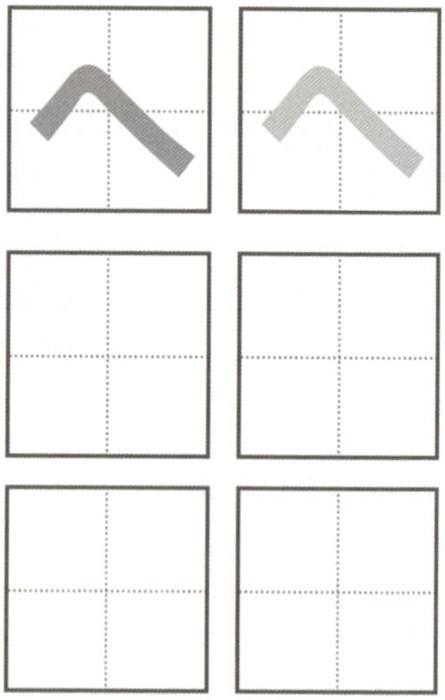

發音重點：

嘴角往左右拉平，
發出類似「黑」的聲音。

へ/ヘ有什麼？

- **へや**【部屋】
  < he.ya > 房間
- **へそ**【臍】
  < he.so > 肚臍

- **へた**【下手】
  < he.ta > 笨拙，不擅長
- **へちま**【糸瓜】
  < he.chi.ma > 絲瓜

MP3 10

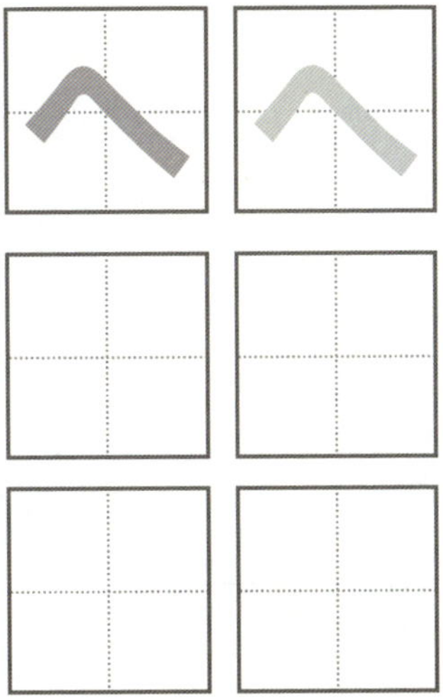

小小叮嚀：

- 平假名的這個字只有一筆劃。
- 往右上寫短短一橫之後，再往右下寫一斜線，有點像是注音符號「ㄟ」，但是比較扁平喔。
- 片假名的筆順依序由左而右、由上而下書寫即可。

說說看

へとへと。

< he.to.he.to > 非常疲倦。

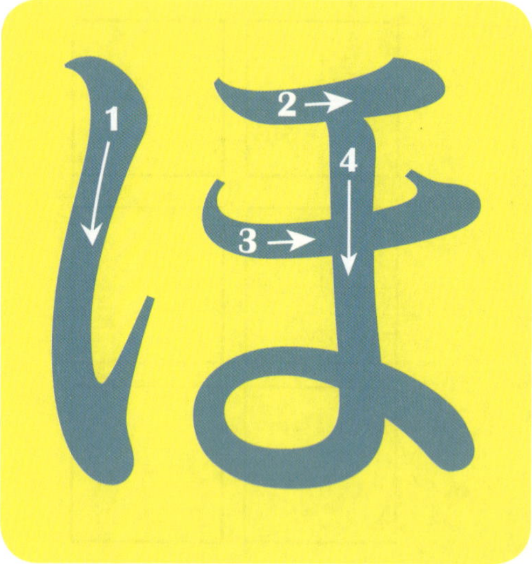

發音重點：

嘴唇呈圓形，發出類似台語「雨」的聲音。

ほ/ホ有什麼？

- **ほお**【頰】
  < ho.o > 臉頰
- **ほん**【本】
  < ho.n > 書

- **ほし**【星】
  < ho.shi > 星星

- **ほたる**【蛍】
  < ho.ta.ru > 螢火蟲

MP3 10

小小叮嚀：

- 平假名第一劃和「は」的左半邊一樣，是有點彎曲再微微往右上方勾的直線。但是沒有勾，寫成「ほ」也不算錯哦！
- 第二劃和第三劃為平行的橫線，第四劃從第三劃的中間偏右邊穿過，和「は」的第三劃一樣。
- 片假名的筆順依序由左而右、由上而下書寫即可。

說說看

ほんとう。【本当】

< ho.n.to.o > 真的。

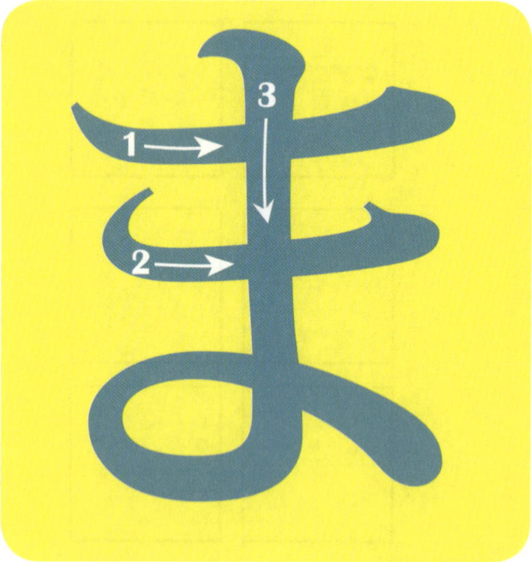

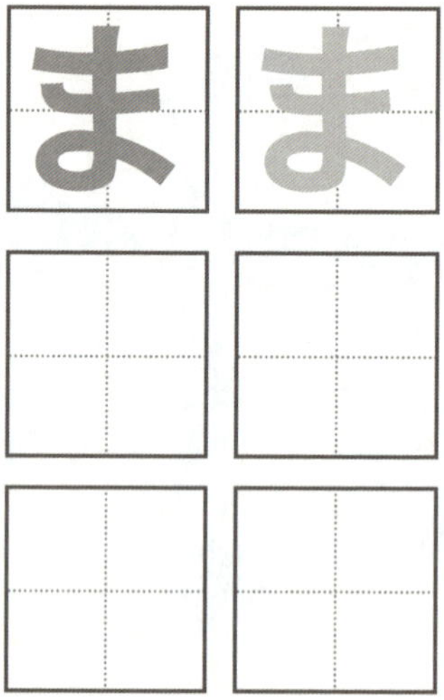

發音重點：

嘴巴自然地張開，
發出類似「嗎」的聲音。

ま/マ有什麼？

- **まえ【前】**
  < ma.e > 前面

- **まめ【豆】**
  < ma.me > 豆子

- **まね【真似】**
  < ma.ne > 模仿

- **まくら【枕】**
  < ma.ku.ra > 枕頭

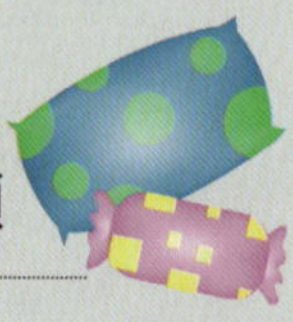

MP3 11

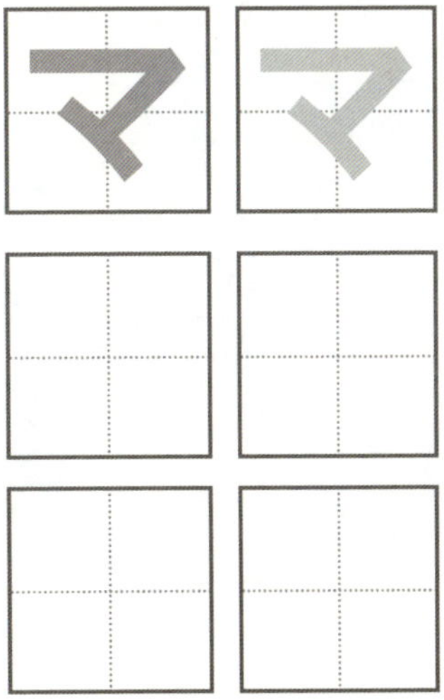

小小叮嚀：

· 平假名第一劃和第二劃是兩條平行的橫線，但是第一劃比第二劃長一點喔！
· 第三劃從第一劃和第二劃的中間垂直劃下來之後，在底部由左往右繞一個圈圈。
· 片假名的筆順依序由左而右、由上而下書寫即可。

説說看

まかせて！【任せて】

< ma.ka.se.te > 交給我！

發音重點：

嘴唇微微閉合，
發出類似「咪」的聲音。

み/ミ 有什麼？

- **みみ**【耳】
  < mi.mi > 耳朵
- **みらい**【未来】
  < mi.ra.i > 未來
- **みせ**【店】
  < mi.se > 商店

- **みそしる**【味噌汁】
  < mi.so.shi.ru > 味噌湯

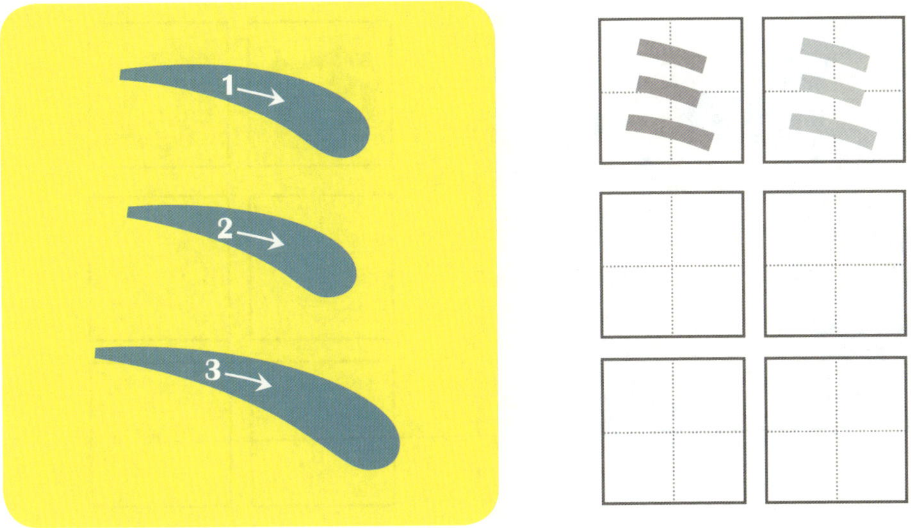

小小叮嚀：

- 平假名的這個字看起來複雜，其實只有兩劃喔！
- 第一劃是短短一橫，接著往左下方先寫下長長的斜線，再由左往右畫一個小圈圈，末端收在右半邊，凸出來的斜線可以長一點。
- 第二劃是弧線，微彎地穿過第一劃在右半邊的斜線。
- 片假名的筆順依序由左而右、由上而下書寫即可。

説說看

みて！【見て】

< mi.te > 你看！

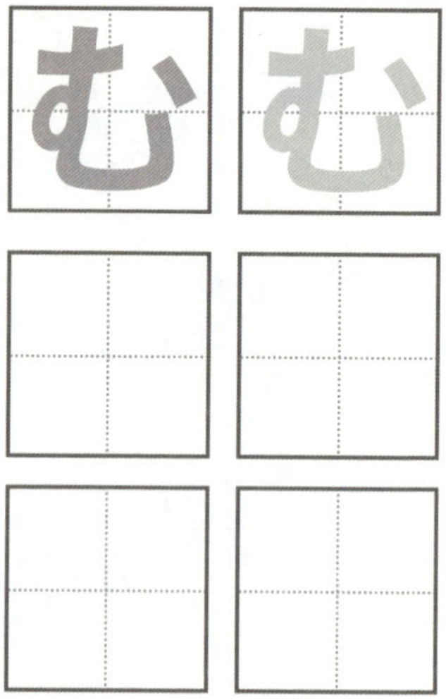

發音重點：

嘴角向中間靠攏，
發出類似「木」的輕聲。

む/ム有什麼？

- **むし**【虫】
  < mu.shi > 蟲
- **むすこ**【息子】
  < mu.su.ko > 兒子
- **むね**【胸】
  < mu.ne > 胸部
- **むすめ**【娘】
  < mu.su.me > 女兒

MP3 11

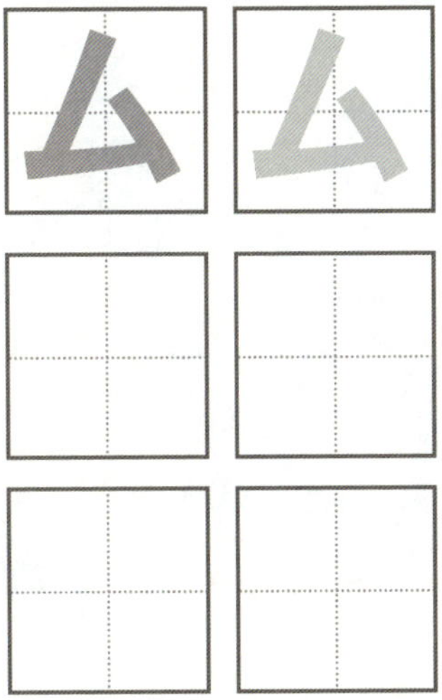

小小叮嚀：

- 平假名第一劃為短短的一橫。
- 第二劃從第一劃的中間寫下來之後，大約在中間的位置由下往上畫一個圈圈，接著回到原來的直線上向下轉往右邊勾起。
- 第三劃為一點，在第一劃的右邊。
- 片假名的筆順依序由左而右、由上而下書寫即可。

說說看

むなしい。

【虚しい】

< mu.na.shi.i > 很空虛。

め　め

發音重點：

嘴巴扁平，
發出類似「妹」的輕聲。

め/メ 有什麼？

め【目】

< me > 眼睛

めまい【目眩】

< me.ma.i > 暈眩

めす【雌】

< me.su > 雌

めんつ【面子】

< me.n.tsu > 面子

MP3 11

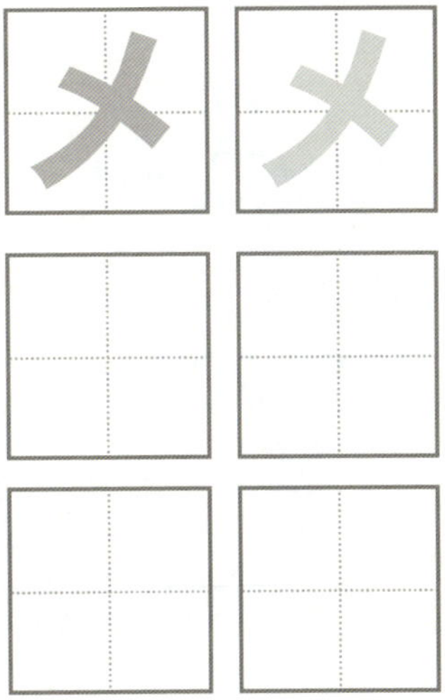

小小叮嚀：

- 平假名的這個字有點像是「ぬ」的左半邊。
- 第一劃從左上到右下寫一斜線。
- 第二劃從右上往左下穿過第一劃之後，繞一個圈圈再穿過第一劃和第二劃，在右半邊畫一個半圓，注意半圓的尾端大約與左半邊的圈圈等高。
- 片假名的筆順依序由左而右、由上而下書寫即可。

説說看

めめしい。【女々しい】

< me.me.shi.i > 像女人似的，懦弱的。

發音重點：

嘴唇呈圓形，發出類似台語「毛」的聲音。

も/モ有什麼？

- **もも【桃】**
  < mo.mo > 桃子

- **もの【物】**
  < mo.no > 東西

- **もち【餅】**
  < mo.chi > 年糕

- **もしもし**
  < mo.shi.mo.shi >
  （講電話時）喂喂

MP3 11

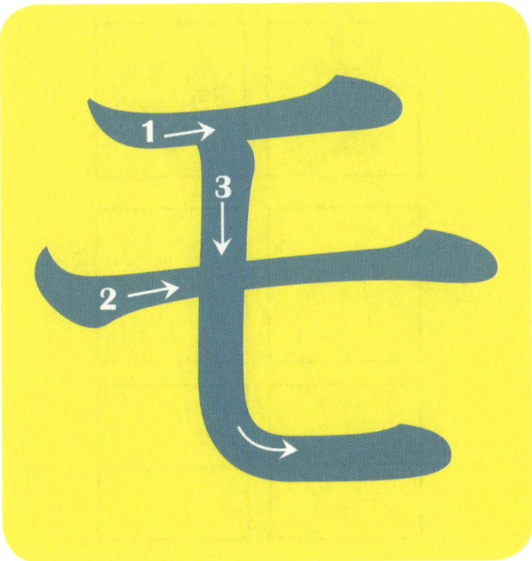

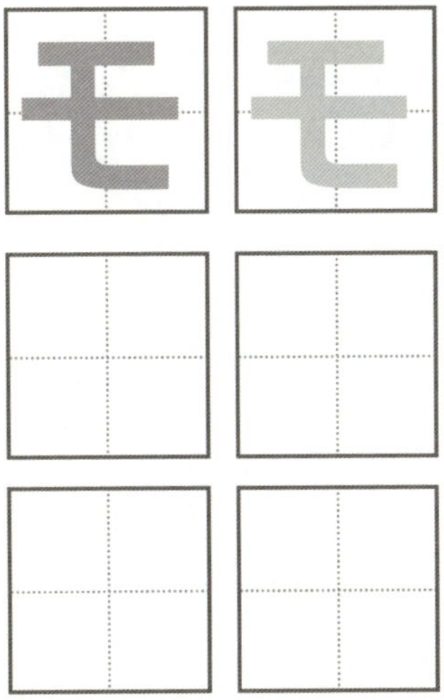

小小叮嚀：

- 注意！平假名第一劃是中間一豎到底之後向右勾起。
- 第二劃才是第一條橫線。
- 第三劃是第二條橫線，比第二劃稍微短一點，兩條橫線平行。
- 片假名的筆順依序由左而右、由上而下書寫即可。

說說看

もちろん！【勿論】

< mo.chi.ro.n > 當然！

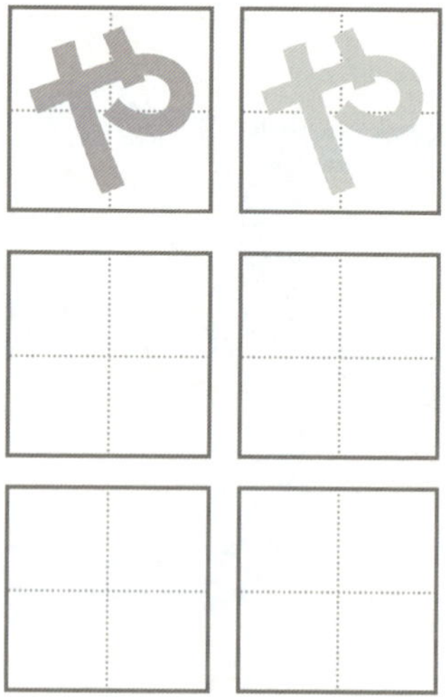

發音重點：

嘴巴自然地張開，發出類似「呀」的聲音。

や/ヤ有什麼？

- **やま【山】**
  < ya.ma > 山

- **やたい【屋台】**
  < ya.ta.i > 路邊攤

- **やさい【野菜】**
  < ya.sa.i > 蔬菜

- **やきいも【焼き芋】**
  < ya.ki.i.mo > 烤地瓜

MP3
12

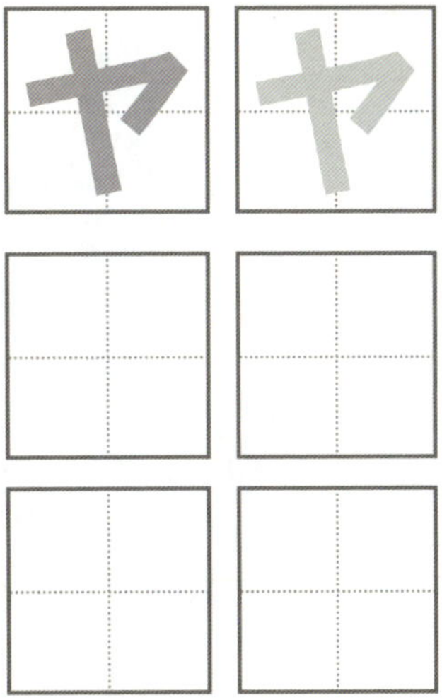

小小叮嚀：

- 平假名第一劃從左往右向下勾起。
- 第二劃為一點，寫在第一劃右半邊的上面。
- 第三劃從第一劃左半邊的上面往右下寫一斜線。
- 片假名的筆順依序由左而右、由上而下書寫即可。

說說看

やすい。

【安い】

< ya.su.i > 便宜。

發音重點：

嘴角向中間靠攏，發出類似台語「優」的聲音。

ゆ/ユ有什麼？

- **ゆき【雪】**
  < yu.ki > 雪

- **ゆめ【夢】**
  < yu.me > 夢

- **ゆり【百合】**
  < yu.ri > 百合花

- **ゆのみ【湯呑み】**
  < yu.no.mi > 茶碗

MP3 12

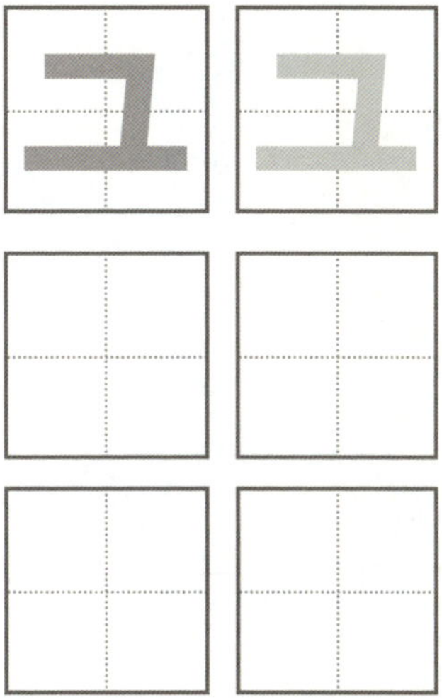

小小叮嚀：

- 平假名第一劃一豎下來之後向右邊由上往下繞一個圈圈。
- 第二劃為一豎穿過圈圈的中間，接著在末端往左邊一撇。
- 片假名的筆順依序由左而右、由上而下書寫即可。

説說看

ゆるして！【許して】

< yu.ru.shi.te > 原諒我！

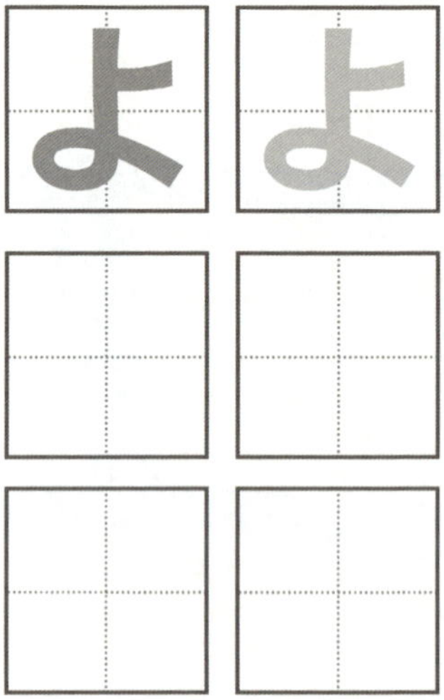

發音重點：

嘴唇呈圓形，
發出類似「喲」的聲音。

よ/ヨ有什麼？

- **よる【夜】**
  < yo.ru > 晚上
- **よめ【嫁】**
  < yo.me > 媳婦

- **よみせ【夜店】**
  < yo.mi.se > 夜市
- **よなか【夜中】**
  < yo.na.ka > 半夜

MP3 12

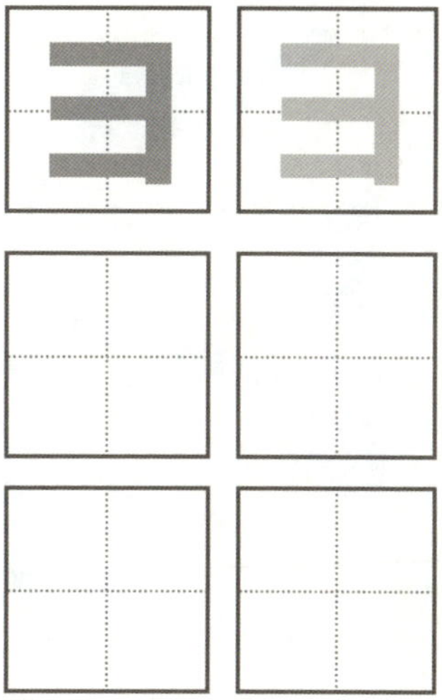

小小叮嚀：

- 平假名第一劃先寫偏右半邊的短橫線。
- 第二劃由上往下，先與第一劃的短橫線左端連接，接著在末端由下往上繞一個圈圈到右邊。
- 片假名的筆順依序由左而右、由上而下書寫即可。

說說看

よろしく！【宜しく】

< yo.ro.shi.ku > 多多關照！

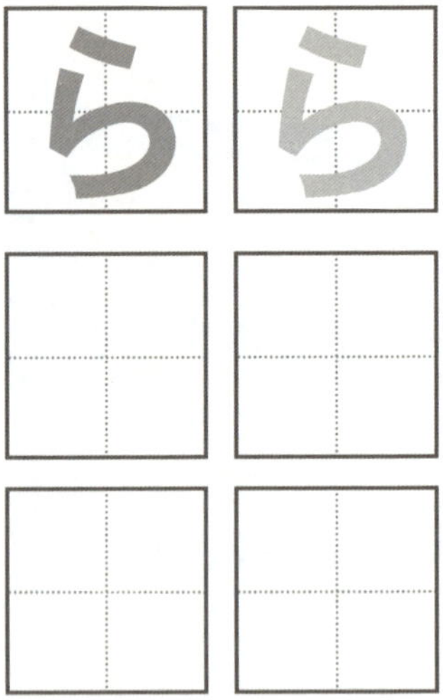

發音重點：

舌尖輕彈上齒，發出類似「啦」的聲音。

ら/ラ有什麼？

- **らん【蘭】**
  < ra.n > 蘭花

- **らいひん【来賓】**
  < ra.i.hi.n > 來賓

- **らいう【雷雨】**
  < ra.i.u > 雷雨

- **らいねん【来年】**
  < ra.i.ne.n > 明年

MP3 13

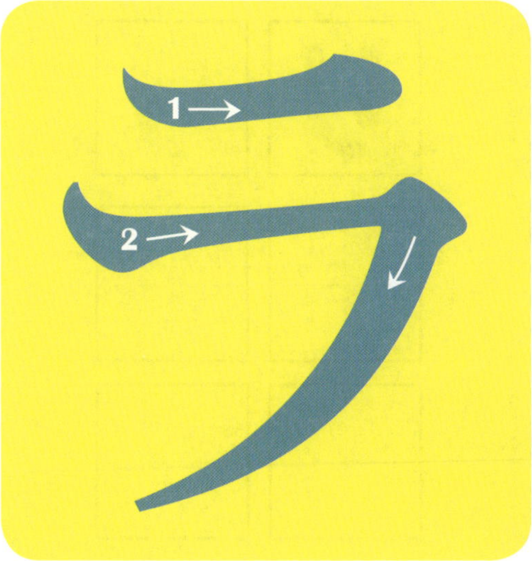

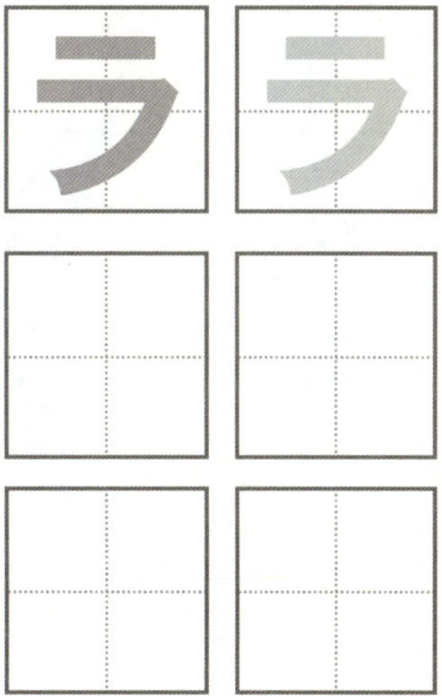

小小叮嚀：

· 平假名第一劃為一點。
· 第二劃寫短短一豎之後，轉向右邊由上往下畫一個圈，但是圈圈的末端沒有相連喔！
· 片假名的筆順依序由左而右、由上而下書寫即可。

說說看

らくらく。【楽々】

< ra.ku.ra.ku > 輕輕鬆鬆。

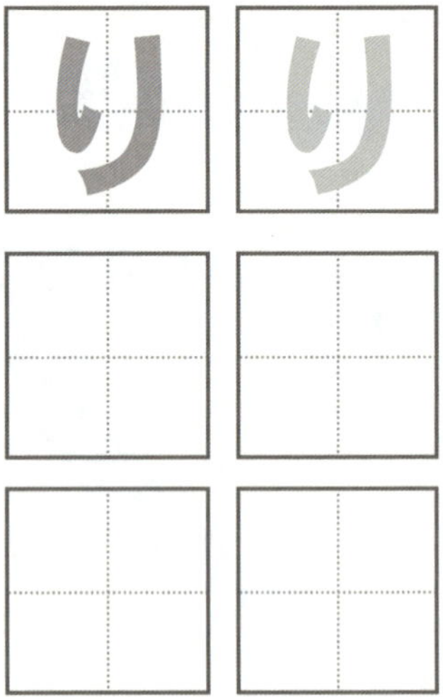

發音重點：

舌尖輕彈上齒，
發出類似「哩」的聲音。

り/リ 有什麼？

- **りす**【栗鼠】
  < ri.su > 松鼠

- **りし**【利子】
  < ri.shi > 利息

- **りきし**【力士】
  < ri.ki.shi > 相撲選手

- **りれき**【履歴】
  < ri.re.ki > 履歷

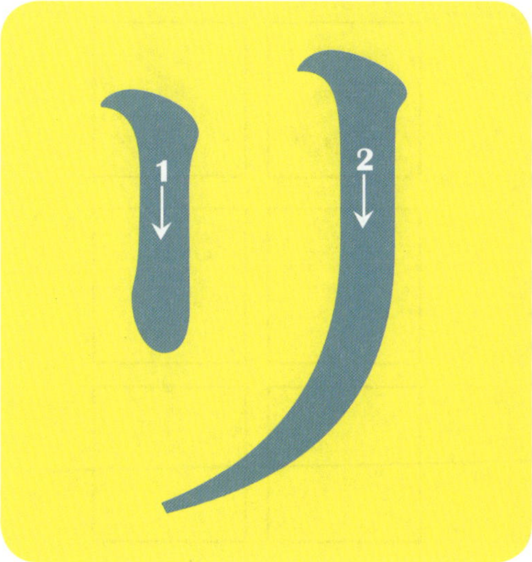

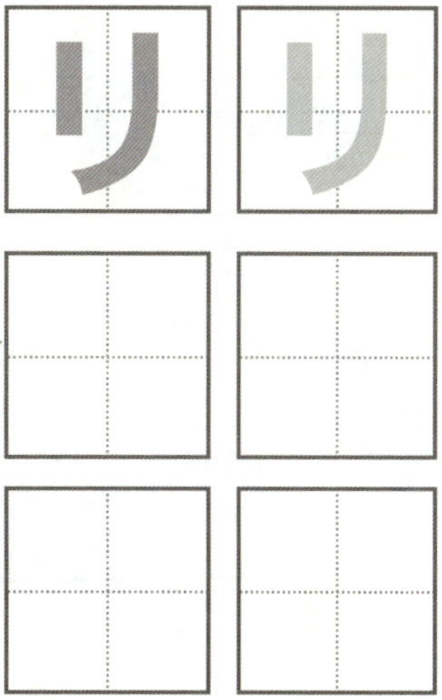

小小叮嚀：

- 平假名第一劃是有點彎曲再微微往右上方勾的直線。
- 第二劃一豎下來向左微撇。
- 片假名的筆順依序由左而右、由上而下書寫即可。

說說看

りくつや。

【理屈屋】

< ri.ku.tsu.ya > 好講歪理的人。

發音重點：

舌尖輕彈上齒，發出類似「嚕」的聲音。

る/ル有什麼？

- **るす**【留守】
  < ru.su > 不在家
- **ある**【有る】
  < a.ru > 有
- **るり**【瑠璃】
  < ru.ri > 琉璃

- **るすろく**【留守録】
  < ru.su.ro.ku > 語音信箱

MP3 13

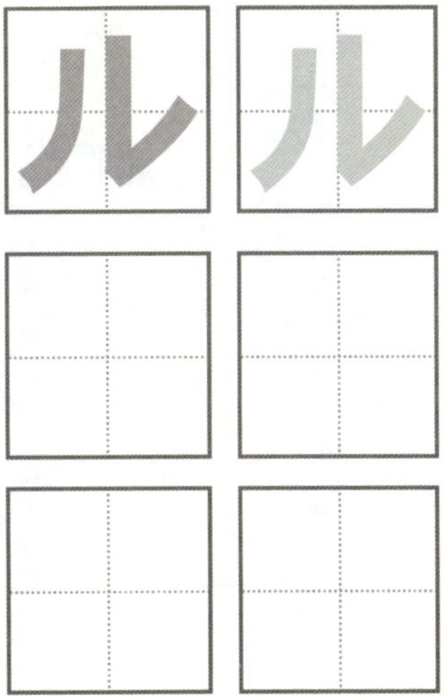

小小叮嚀：

- 平假名的這個字為一筆劃。
- 先寫一短橫線，接著往左下方寫長長一斜線，再往右上拉起畫一個大圓，最後在末端再畫一個小圓。
- 片假名的筆順依序由左而右、由上而下書寫即可。

説說看

るんるん！

< ru.n.ru.n > 開開心心！

れ　れ

發音重點：

舌尖輕彈上齒，發出類似「勒」的聲音。

れ/レ有什麼？

- **れつ【列】**
  <re.tsu> 排隊

- **れきし【歴史】**
  <re.ki.shi> 歷史

- **れんさ【連鎖】**
  <re.n.sa> 連鎖

- **れんあい【恋愛】**
  <re.n.a.i> 戀愛

MP3 13

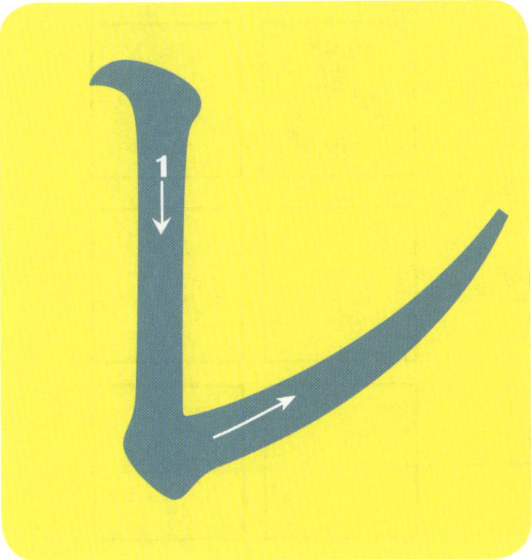

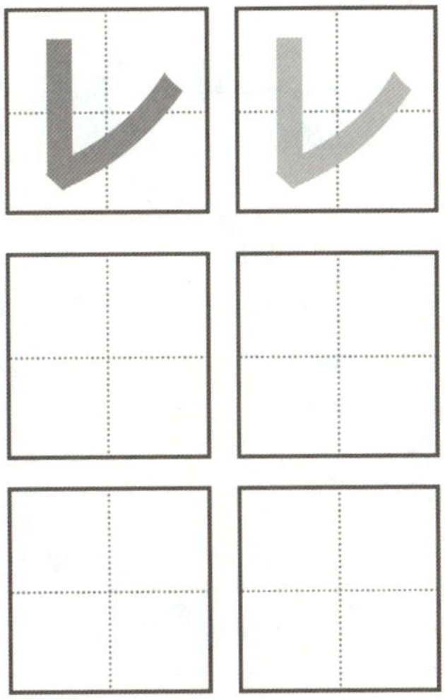

小小叮嚀：

- 平假名第一劃是一豎。
- 第二劃先寫一短橫線凸出第一劃一點點之後，再向左下穿過第一劃寫一斜線，接著往右拉起第三次穿過第一劃，向下寫一豎後往右勾起。
- 這個字的左半邊就和「ね」的左半邊一樣，長得有點像，別搞錯了喔。
- 片假名的筆順依序由左而右、由上而下書寫即可。

說說看

れんらくして！

【連絡して】< re.n.ra.ku.shi.te > 跟我聯絡！

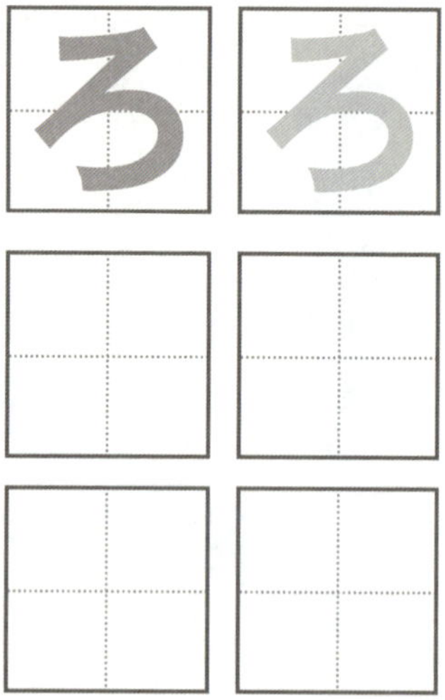

發音重點：

舌尖輕彈上齒，發出類似「摟」的聲音。

ろ/ロ有什麼？

- **ろく【六】**
  < ro.ku > 六

- **ろか【濾過】**
  < ro.ka > 過濾

- **ろてん【露天】**
  < ro.te.n > 攤販

- **ろくおん【録音】**
  < ro.ku.o.n > 錄音

MP3 13

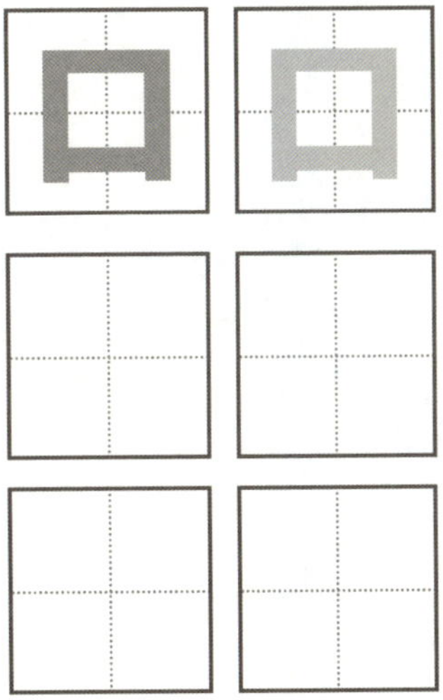

小小叮嚀：

· 平假名的這個字為一筆劃。
· 先寫一短橫線，接著往左下方寫長長一斜線，再往右拉起畫一個圈，圈圈的末端不要相連喔。
· 「ろ」和「る」不一樣，要小心辨別喔！
· 片假名的筆順依序由左而右、由上而下書寫即可。

說說看

そろそろ。

< so.ro.so.ro > 差不多。

發音重點：

嘴巴自然地張開，發出類似「哇」的聲音。

わ/ワ有什麼？

- **わに【鰐】**
  < wa.ni > 鱷魚

- **わたし【私】**
  < wa.ta.shi > 我
- **わけ【訳】**
  < wa.ke > 意思，理由
- **わふく【和服】**
  < wa.fu.ku > 和服

MP3 14

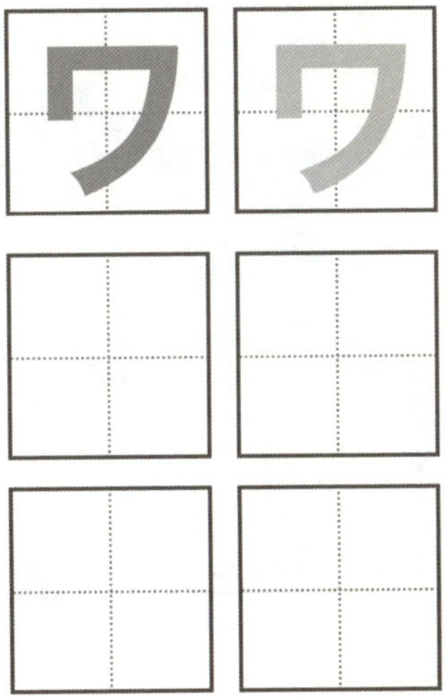

小小叮嚀：

- 平假名這個字的左半邊就和「れ」的左半邊一樣，兩者不要搞混囉。
- 第一劃是一豎。
- 第二劃先寫一短橫線凸出第一劃一點點之後，再向左下穿過第一劃寫一斜線，接著往右上方拉起第三次穿過第一劃，在右半邊畫一個大圓。
- 片假名的筆順依序由左而右、由上而下書寫即可。

說說看

わかる。【分かる】

< wa.ka.ru > 知道。

發音重點：

嘴唇呈圓形，
發出類似「喔」的聲音。

を/ヲ有什麼？

- **てをあらう**【手を洗う】
  < te o a.ra.u > 洗手

- **えをかく**【絵を描く】
  < e o ka.ku > 畫圖

- **ぬのをきる**
  【布を切る】
  < nu.no o ki.ru >
  裁切布

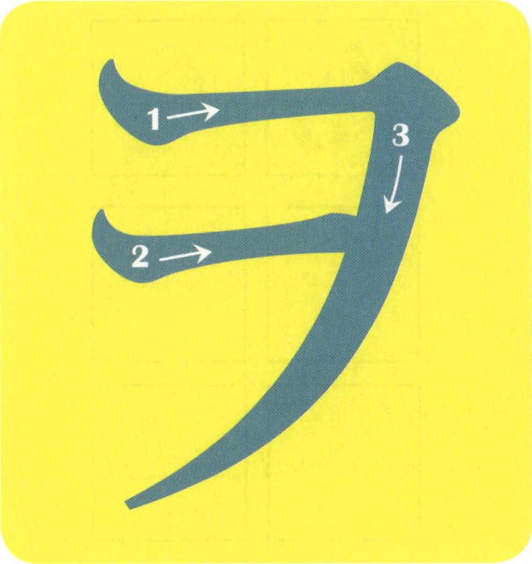

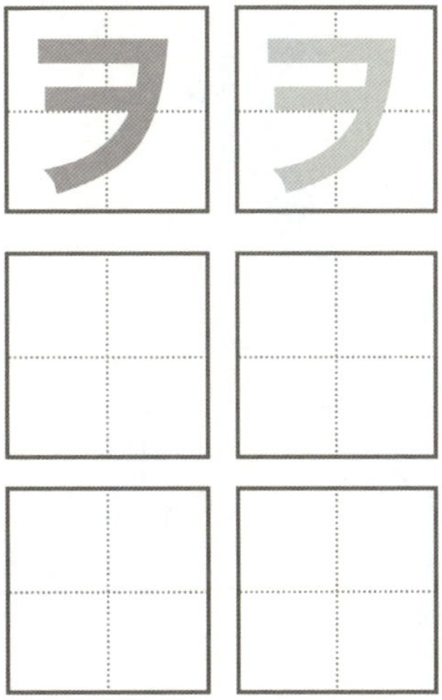

小小叮嚀：

- 平假名第一劃為一短橫線。
- 第二劃從右上至左下穿過第一劃的中間，接著再往右上方拉起，彎一個弧之後垂直往下成短短一豎。
- 第三劃以「ㄥ」的形狀穿過第二劃的一豎，但是「ㄥ」轉彎的部分必須是圓弧形喔。
- 片假名的筆順依序由左而右、由上而下書寫即可。

説說看

ほんをよむ。

【本を読む】< ho.n o yo.mu > 看書。

發音重點：

嘴巴微張，發出類似注音符號「ㄥ」的聲音。

ん/ン有什麼？

- **さん**【三】THREE
  < sa.n > 三
- **おんせん**【溫泉】
  < o.n.se.n > 溫泉
- **みかん**【蜜柑】
  < mi.ka.n > 橘子

- **しんかんせん**【新幹線】
  < shi.n.ka.n.se.n > 新幹線

MP3 15

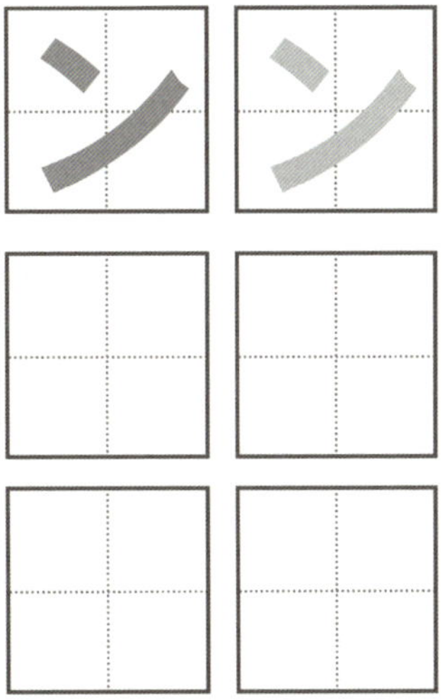

小小叮嚀：

- 平假名先寫一斜線，接著沿著斜線往上拉起，彎一個弧下來之後往右上方一勾。
- 這個字只有一筆劃，有點像是英文字母的「h」，但是有點傾斜喔！
- 片假名的筆順依序由左而右、由上而下書寫即可。

說說看

おかあさん！

【お母さん】< o.ka.a.sa.n > 媽媽！

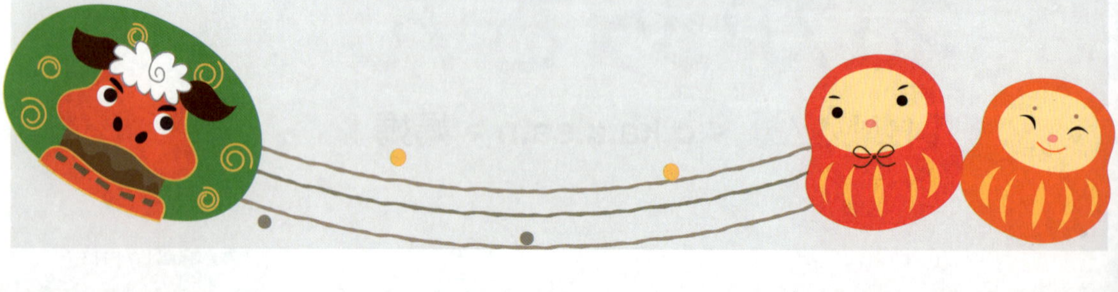

學習目標

1. 學習20個「濁音」，以及5個「半濁音」的發音。
2. 學習其平假名和片假名的寫法。
3. 學習相關實用單字。
4. 開口說說看。

DAY 3 濁音／半濁音

今日學習重點

MP3 16/17

濁音 + 半濁音表

段 ／ 行	あ段 (a)		い段 (i)		う段 (u)		え段 (e)		お段 (o)	
	平假名	片假名	平假名	片假名	平假名	片假名	平假名	片假名	平假名	片假名
が行 (g)	が	ガ	ぎ	ギ	ぐ	グ	げ	ゲ	ご	ゴ
	ga		gi		gu		ge		go	
ざ行 (z)	ざ	ザ	じ	ジ	ず	ズ	ぜ	ゼ	ぞ	ゾ
	za		ji		zu		ze		zo	
だ行 (d)	だ	ダ	ぢ	ヂ	づ	ヅ	で	デ	ど	ド
	da		ji		zu		de		do	
ば行 (b)	ば	バ	び	ビ	ぶ	ブ	べ	ベ	ぼ	ボ
	ba		bi		bu		be		bo	
ぱ行 (p)	ぱ	パ	ぴ	ピ	ぷ	プ	ぺ	ペ	ぽ	ポ
	pa		pi		pu		pe		po	

❶「濁音」和「半濁音」是由清音變化而來的。清音的「か」、「さ」、「た」、「は」行在右上角加上二個點，就變成了濁音「が」、「ざ」、「だ」、「ば」行，共有20個假名；而清音的「は」行在右上角加一個小圈圈，就變成了半濁音「ぱ」行，共有5個假名。

❷為什麼叫「濁音」和「半濁音」呢？如果和「清音」對照，就會發現「濁音」和「半濁音」中的子音，是「有聲」的音。例如：

は → ば → ぱ

< ha> < ba > < pa >

↓ ↓ ↓

清音 濁音 半濁音

感受到其中發音的差異了嗎？別擔心，多聽幾次MP3，便一清二楚！

❸學習濁音和半濁音的發音時，也是運用左頁的表格，將子音< g >、< z >、< d >、< b >、< p >分別搭配母音< a >、< i >、< u >、< e >、< o >唸出。例如「が行」的第一個假名「が」：

假名「が」的發音

< g > ＋ < a > ＝ < ga >

↓ ↓ ↓

子音 母音 < g >和< a >拼出< ga >的發音

同理，「が行」其他假名的發音：

「ぎ」< gi > 的發音，就是子音 < g > ＋ 母音 < i > 一起拼

「ぐ」< gu > 的發音，就是子音 < g > ＋ 母音 < u > 一起拼

「げ」< ge > 的發音，就是子音 < g > ＋ 母音 < e > 一起拼

「ご」< go > 的發音，就是子音 < g > ＋ 母音 < o > 一起拼

❹雖然濁音總共有20個假名，但是唸法其實只有18種。因為其中「ず」和「づ」的唸法相同，「じ」和「ぢ」的唸法相同，要特別注意喔！

❺另外，濁音中的「が」、「ぎ」、「ぐ」、「げ」、「ご」這5個音還可以發「鼻濁音」，差別在於發出來的聲音含有鼻音。

發音重點：

嘴巴自然地張開，發出類似「嘎」的聲音。

が/ガ有什麼？

- **が**【蛾】
  < ga > 蛾

- **がか**【画家】
  < ga.ka > 畫家

- **がまん**【我慢】
  < ga.ma.n > 忍耐

- **がいこく**【外国】
  < ga.i.ko.ku > 外國

MP3 18

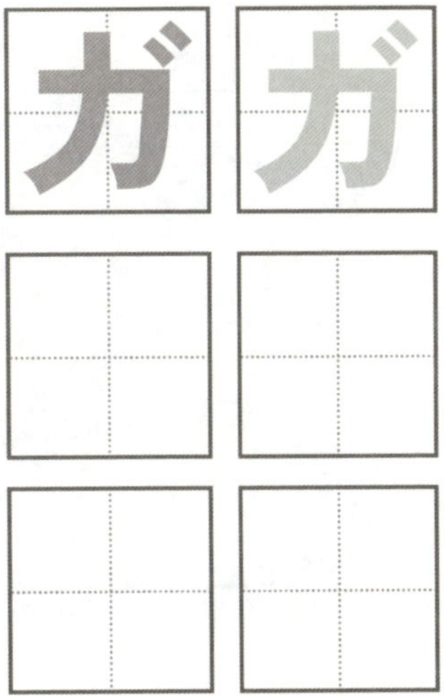

小小叮嚀：

- 平假名依照清音「か」的筆劃順序，最後在第三劃的右上方，寫兩個點。
- 注意這兩個點要比第三劃小一點喔！
- 片假名的筆順依序由左而右、由上而下書寫即可。

説説看

がんばれ！【頑張れ】

< ga.n.ba.re > 加油！

ぎ　ぎ

發音重點：

嘴角往兩旁延展，發出類似台語「奇」的聲音。

ぎ/ギ有什麼？

- **ぎん【銀】**
  < gi.n > 銀

- **ぎし【技師】**
  < gi.shi > 工程師
- **ぎもん【疑問】**
  < gi.mo.n > 疑問

- **ぎんこう【銀行】**
  < gi.n.ko.o > 銀行

MP3 18

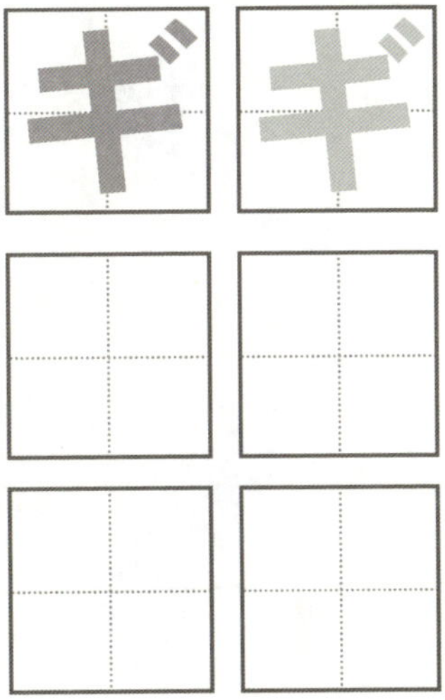

小小叮嚀：

- 平假名依照清音「き」的筆劃順序，最後在第一劃的右上方，寫兩個點。
- 注意兩個點是在第一劃的右上方，而不是在兩條橫線的中間喔！
- 片假名的筆順依序由左而右、由上而下書寫即可。

說說看

ぎりぎり。

< gi.ri.gi.ri > 極限，勉勉強強。

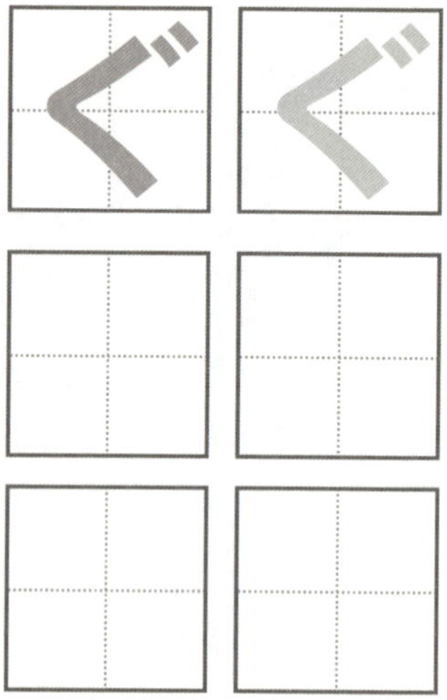

發音重點：

嘴角向中間靠攏，發出類似「孤」的聲音。

ぐ/グ有什麼？

- **ぐ**【具】
  < gu > 配料

- **ぐち**【愚痴】
  < gu.chi > 怨言

- **ぐず**【愚図】
  < gu.zu > 遲鈍，慢吞吞

- **ぐあい**【具合】
  < gu.a.i > 狀況，樣子

MP3 18

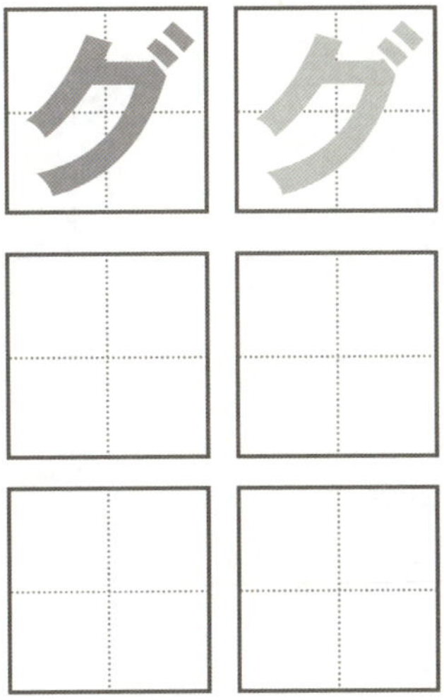

小小叮嚀：

- 平假名依照清音「く」的筆劃順序，最後在第一劃開頭的右下方，寫兩個點。
- 片假名的筆順依序由左而右、由上而下書寫即可。

說說看

ぐるぐる。

< gu.ru.gu.ru > 團團轉，層層纏繞。

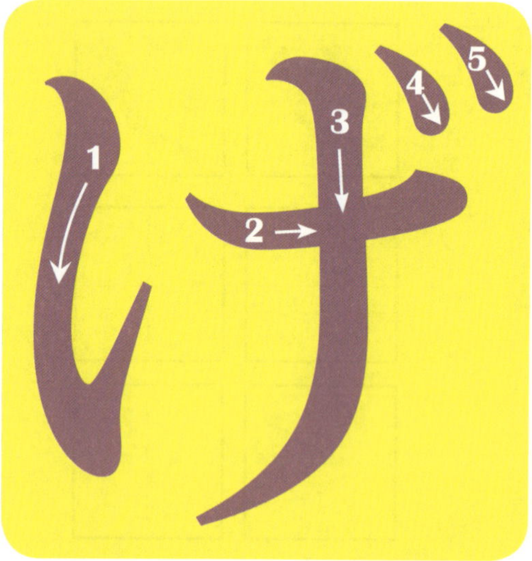

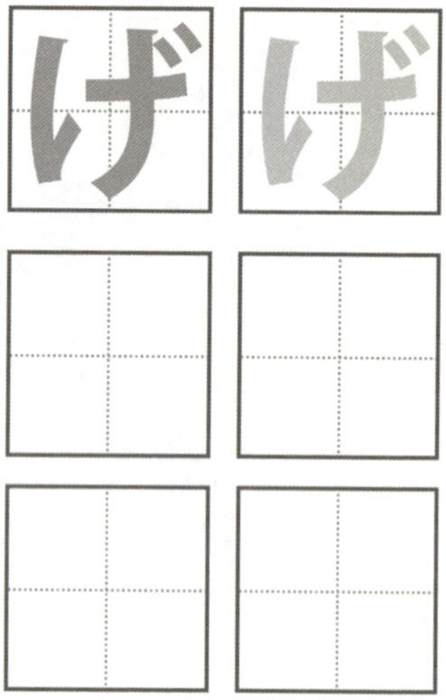

發音重點：

嘴巴扁平，
發出類似「給」的聲音。

げ/ゲ有什麼？

- **げき【劇】**
  < ge.ki > 戲劇

- **げり【下痢】**
  < ge.ri > 拉肚子

- **げた【下駄】**
  < ge.ta > 木屐

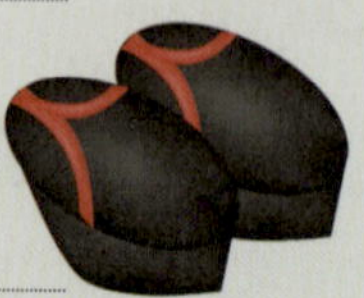

- **げんかん【玄関】**
  < ge.n.ka.n > 玄關

MP3 18

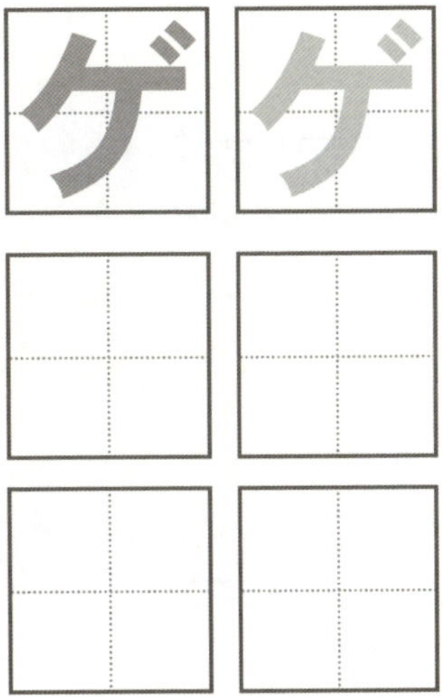

小小叮嚀：

- 平假名依照清音「け」的筆劃順序，最後在第二劃和第三劃的右上方，寫兩個點。
- 注意兩點剛好是在第二劃和第三劃交叉部分的右上方，太高或太低都不對喔！
- 片假名的筆順依序由左而右、由上而下書寫即可。

說說看

げんき？【元気】

< ge.n.ki > 你好嗎？

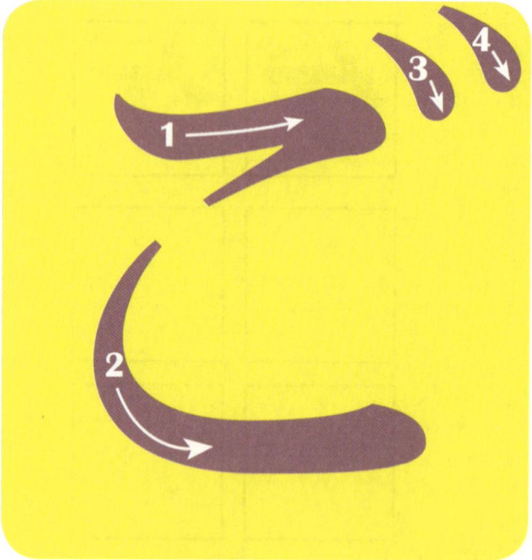

發音重點：

嘴唇呈圓形，
發出類似「勾」的聲音。

ご/ゴ有什麼？

- **ご**【五】
  < go > 五
- **ごま**【胡麻】
  < go.ma > 芝麻
- **ごみ**【塵】
  < go.mi > 垃圾

- **ごはん**【ご飯】
  < go.ha.n > 飯

MP3 18

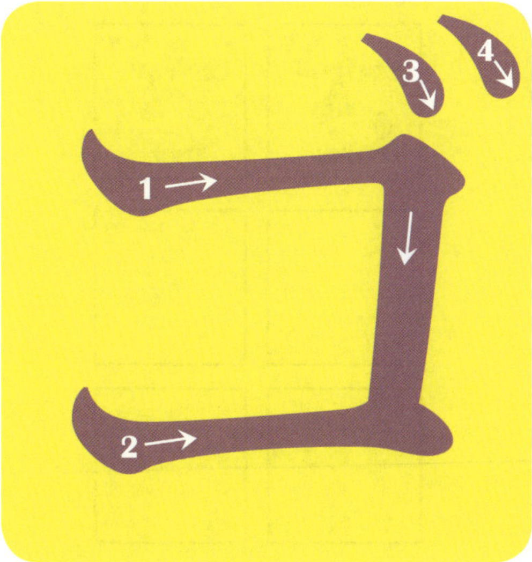

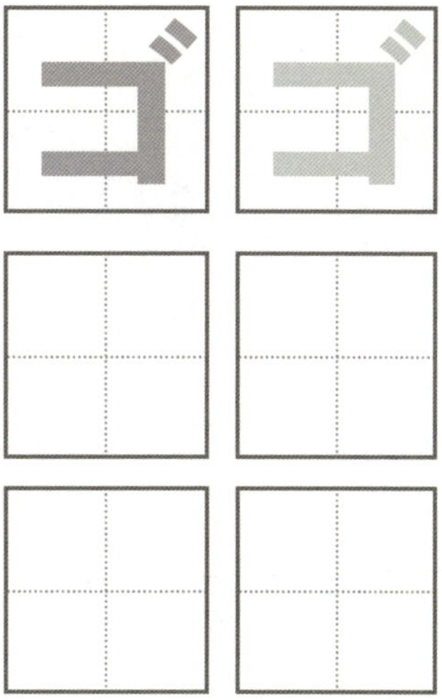

小小叮嚀：

- 平假名依照清音「こ」的筆劃順序，最後在第一劃的右上方，寫兩個點。
- 注意兩個點是在右上方而不是右下方。
- 片假名的筆順依序由左而右、由上而下書寫即可。

説説看

ごめんね。

【御免ね】

< go.me.n.ne > 對不起喔。

發音重點：

嘴巴自然地張開，
發出類似「紮」的聲音。

ざ/ザ有什麼？

- **ざる**【笊】
  < za.ru > 竹簍

- **ざくろ**【石榴】
  < za.ku.ro > 石榴

- **ざいこ**【在庫】
  < za.i.ko > 庫存

- **ざいさん**【財産】
  < za.i.sa.n > 財產

MP3 19

小小叮嚀：

- 平假名依照清音「さ」的筆劃順序，最後在第一劃的右上方，寫兩個點。
- 片假名的筆順依序由左而右、由上而下書寫即可。

説説看

ざんねん。

【残念】

< za.n.ne.n > 可惜。

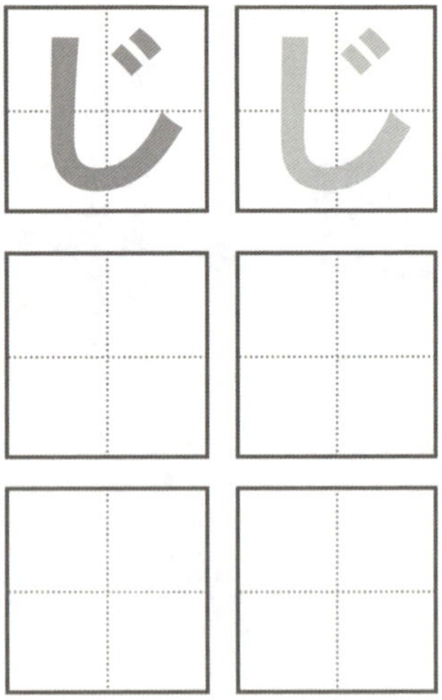

發音重點：

牙齒微微咬合，嘴角往兩旁延展，發出類似「機」的聲音。

じ/ジ有什麼？

- **じこ【事故】**
  < ji.ko > 車禍
- **じしん【地震】**
  < ji.shi.n > 地震
- **じまん【自慢】**
  < ji.ma.n > 自滿，自誇
- **じんこう【人口・人工】**
  < ji.n.ko.o > 人口，人工

MP3 19

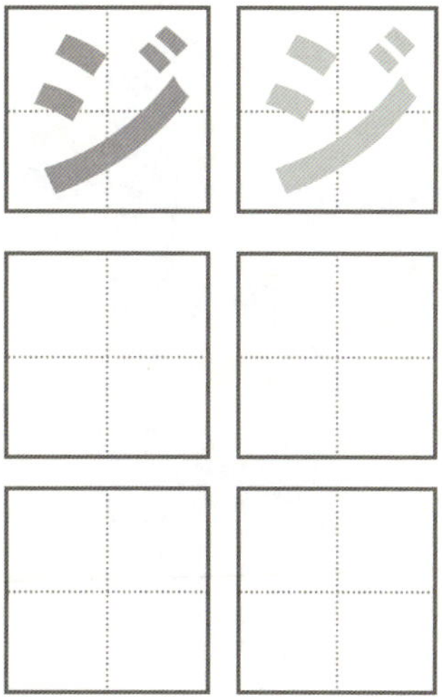

小小叮嚀：

- 平假名依照清音「し」的筆劃順序，最後在第一劃開頭的右方，寫兩個點。
- 注意兩個點的位置不要太靠近第一劃的末端。
- 片假名的筆順依序由左而右、由上而下書寫即可。

說說看

じぶんで。【自分で】

< ji.bu.n.de > 自己來。

發音重點：

嘴角向中間靠攏，發出類似「租」的聲音，但是要注意嘴型和「す」一樣，不是嘟起來的喔！

ず/ズ有什麼？

- **ずつう**【頭痛】
  < zu.tsu.u > 頭痛
- **ずかん**【図鑑】
  < zu.ka.n > 圖鑑

- **ずきん**【頭巾】
  < zu.ki.n > 頭巾
- **ずのう**【頭脳】
  < zu.no.o > 頭腦

MP3 19

小小叮嚀：

- 平假名依照清音「す」的筆劃順序，最後在第一劃和第二劃交叉的右上方，寫兩個點。
- 片假名的筆順依序由左而右、由上而下書寫即可。

說說看

ずばり！

< zu.ba.ri > 一針見血，一語道破！

發音重點：

嘴巴扁平，發出類似台語「多」的聲音。

ぜ/ゼ有什麼？

- **ぜいきん**【税金】
  < ze.e.ki.n > 稅金
- **ぜいにく**【贅肉】
  < ze.e.ni.ku > 贅肉
- **ぜつぼう**【絶望】
  < ze.tsu.bo.o > 絕望
- **ぜいたく**【贅沢】
  < ze.e.ta.ku > 奢侈

MP3 19

小小叮嚀：

- 平假名依照清音「せ」的筆劃順序，最後在第一劃和第二劃交叉的右上方，寫兩個點。
- 片假名的筆順依序由左而右、由上而下書寫即可。

說說看

ぜひとも！ 【是非とも】

< ze.hi to.mo > 無論如何！

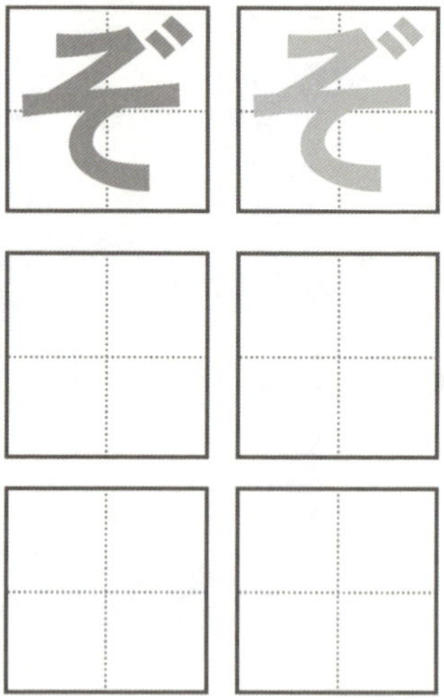

發音重點：

嘴唇呈圓形，
發出類似「鄒」的聲音。

ぞ/ゾ有什麼？

- **ぞう**【象】
  < zo.o > 大象
- **ぞうり**【草履】
  < zo.o.ri > 草鞋

- **ぞうか**【造花】
  < zo.o.ka > 假花
- **ぞうきん**【雑巾】
  < zo.o.ki.n > 抹布

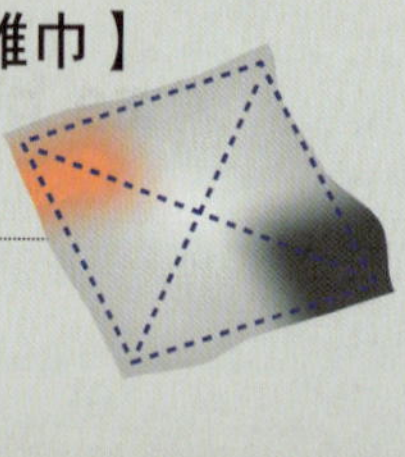

MP3 19

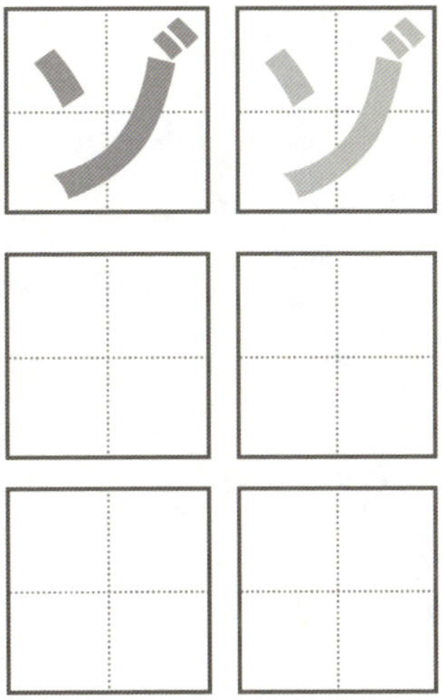

小小叮嚀：

- 平假名依照清音「そ」的筆劃順序，最後在「ㄙ」形開口的右上方，寫兩個點。
- 注意不是在第一橫線的右上方喔！
- 片假名的筆順依序由左而右、由上而下書寫即可。

說說看

ぞろぞろ。

< zo.ro.zo.ro > 成群結隊。

發音重點：

嘴巴自然地張開，
發出類似「搭」的聲音。

だ/ダ有什麼？

- **だめ**【駄目】
< da.me > 不行

- **だんご**【団子】
< da.n.go > 糯米糰

- **だいふく**【大福】
< da.i.fu.ku > 大福，
一種日式麻糬點心

- **だいこん**【大根】
< da.i.ko.n > 白蘿蔔

MP3 20

小小叮嚀：

- 平假名依照清音「た」的筆劃順序，最後在第一劃的右邊，第三劃的右上方寫兩個點。
- 片假名的筆順依序由左而右、由上而下書寫即可。

説說看

だサい！

< da.sa.i > 真土！

ぢ ぢ

發音重點：

牙齒微微咬合，嘴角往兩旁延展，發出類似「機」的聲音。

ぢ/ヂ有什麼？

- **まぢか**【間近】
  < ma.ji.ka > 臨近，快到
- **はなぢ**【鼻血】
  < ha.na.ji > 鼻血

- **チヂミ**
  < chi.ji.mi >
  찌짐（韓），韓國煎餅
- **ちぢれげ**【縮れ毛】
  < chi.ji.re.ge > 卷毛

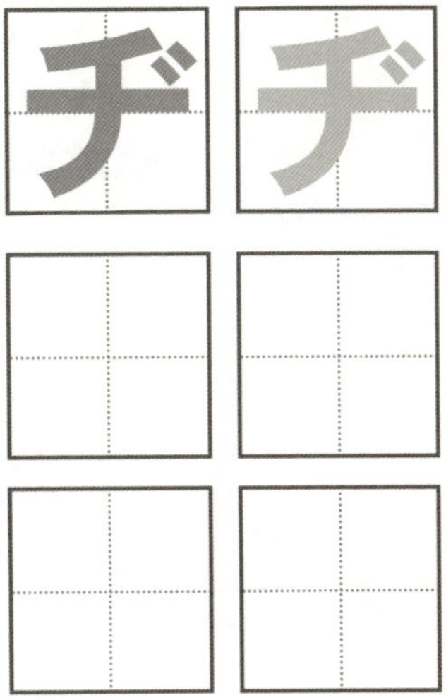

小小叮嚀：

- 平假名依照清音「ち」的筆劃順序，最後在第一劃的右邊，寫兩個點。
- 片假名的筆順依序由左而右、由上而下書寫即可。

說說看

ちぢむ。【縮む】

< chi.ji.mu > 縮水，縮短。

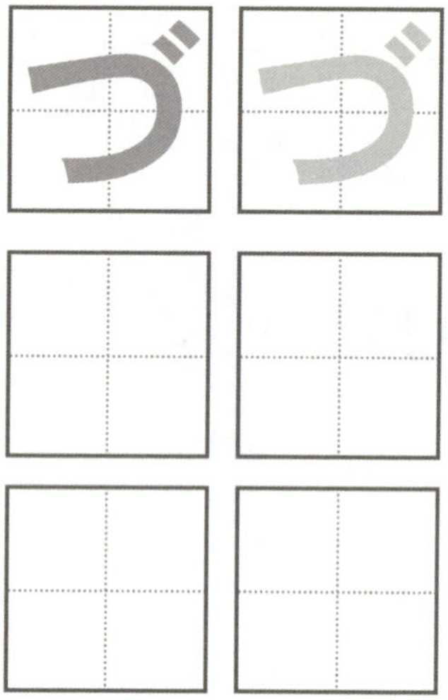

發音重點：

嘴角向中間靠攏，發出類似「租」的聲音，但是要注意嘴型和「ず」一樣，不是嘟起來的喔！

づ/ヅ有什麼？

- **しおづけ**【塩漬け】
  < shi.o.zu.ke > 鹽漬

- **みかづき**【三日月】
  < mi.ka.zu.ki > 上弦月

- **かんづめ**【缶詰】
  < ka.n.zu.me > 罐頭

- **てづくり**【手作り】
  < te.zu.ku.ri >
  親手作、自製（的東西）

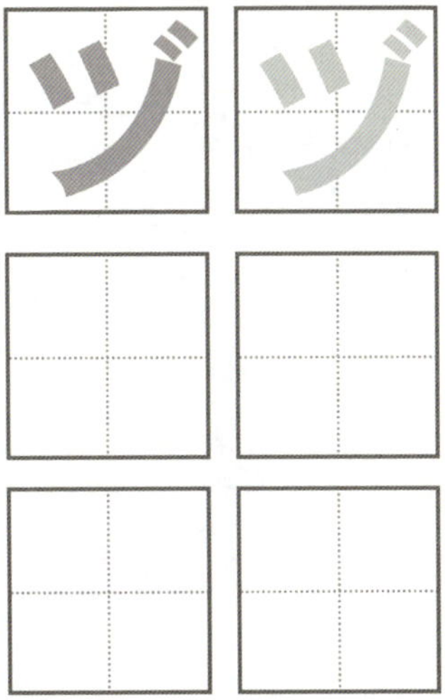

小小叮嚀：

- 平假名依照清音「つ」的筆劃順序，最後在第一劃彎曲的右上方，寫兩個點。
- 片假名的筆順依序由左而右、由上而下書寫即可。

說說看

つづく。【続く】

< tsu.zu.ku > 繼續。

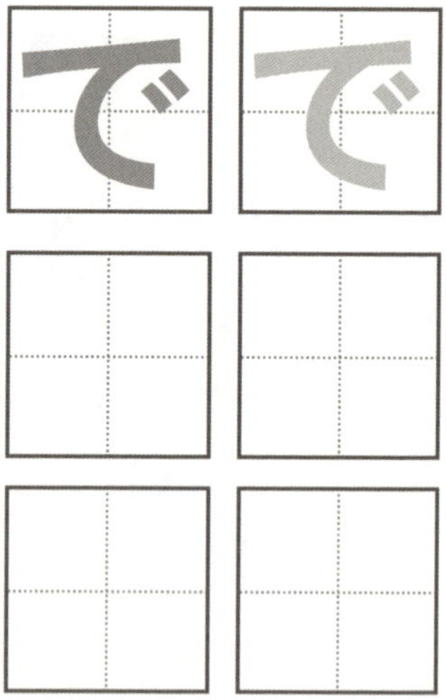

發音重點：

舌尖輕彈上齒，發出類似台語「茶」的輕聲。

で/デ有什麼？

- **でんわ**【電話】
  < de.n.wa > 電話

- **でまえ**【出前】
  < de.ma.e > 外送

- **であい**【出会い】
  < de.a.i > 邂逅
- **でずき**【出好き】
  < de.zu.ki > 喜歡出門（的人）

MP3 20

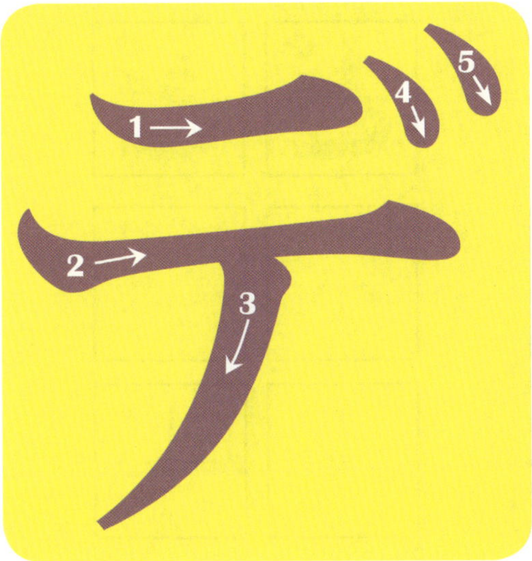

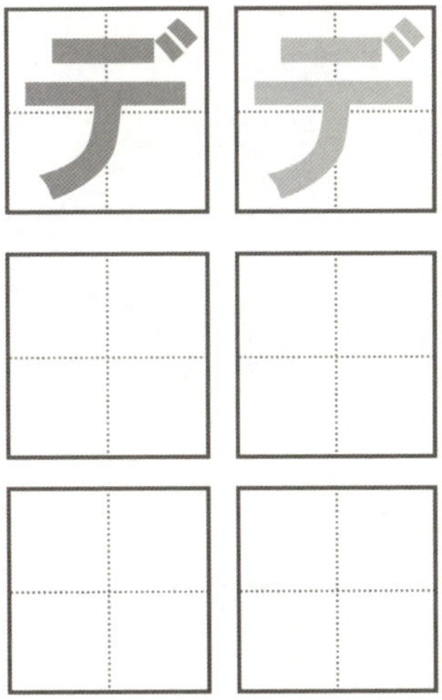

小小叮嚀：

- 平假名依照清音「て」的筆劃順序，最後在橫線右邊末端的下方，寫兩個點。
- 片假名的筆順依序由左而右、由上而下書寫即可。

說說看

でたらめ。

< de.ta.ra.me > 胡說八道。

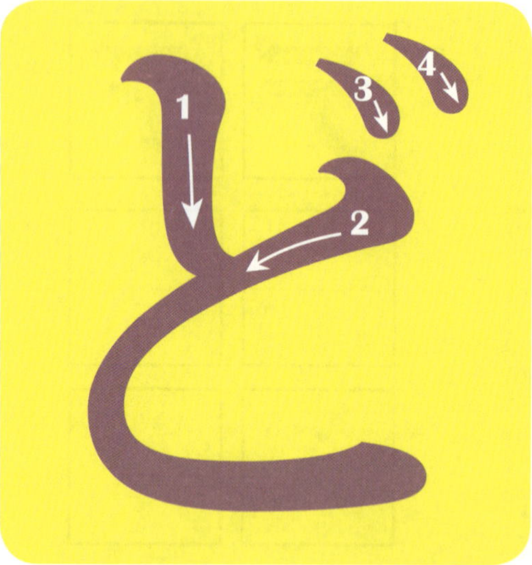

發音重點：

嘴唇呈圓形，
發出類似「兜」的聲音。

ど/ド有什麼？

- **どこ**【何処】
  < do.ko > 哪裡
- **どろぼう**【泥棒】
  < do.ro.bo.o > 小偷
- **どなべ**【土鍋】
  < do.na.be > 砂鍋

- **どらやき**【銅鑼焼き】
  < do.ra.ya.ki > 銅鑼燒

MP3 20

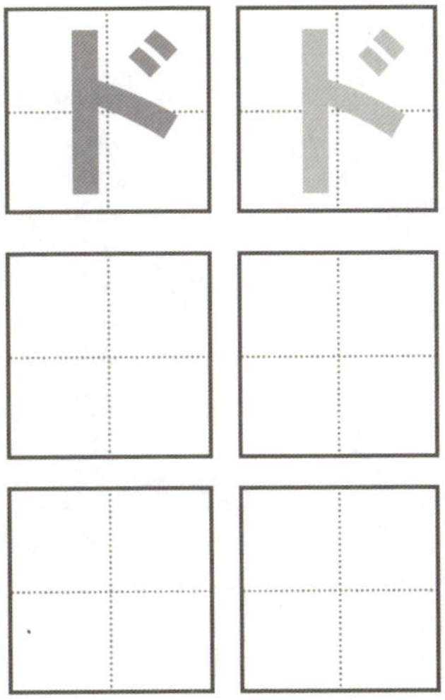

小小叮嚀：

- 平假名依照清音「と」的筆劃順序，最後在第二劃的右上方，寫兩個點。
- 注意這兩個點的位置不是在第二劃的下方開口內喔！
- 片假名的筆順依序由左而右、由上而下書寫即可。

說說看

どきどき。

< do.ki.do.ki > 心撲通撲通地跳。

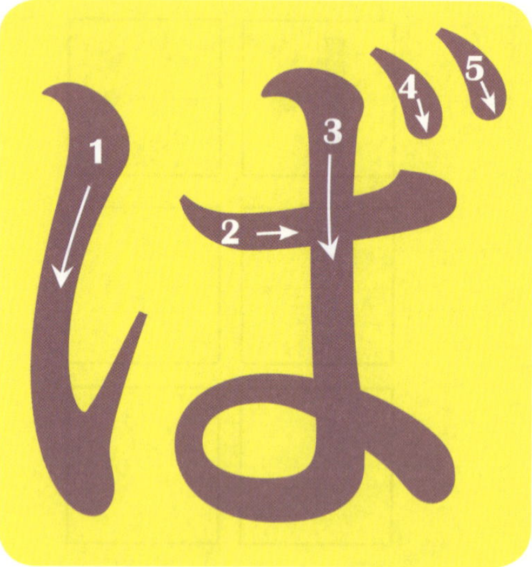

ば ば

發音重點：

嘴巴自然地張開，發出類似「巴」的聲音。

ば/バ有什麼？

- **ばら**【薔薇】
  < ba.ra > 玫瑰

- **ばか**【馬鹿】
  < ba.ka > 愚蠢

- **ばつ**【罰】
  < ba.tsu > 罰

- **ばくはつ**【爆発】
  < ba.ku.ha.tsu > 爆炸

MP3
21

小小叮嚀：

- 平假名依照清音「は」的筆劃順序，最後在第二劃和第三劃交叉的右上方，寫兩個點。
- 片假名的筆順依序由左而右、由上而下書寫即可。

說說看

ばんざい！【万歳】

< ba.n.za.i > 萬歲！

發音重點：

嘴角往兩側延展，發出類似「逼」的聲音。

び/ビ 有什麼？

- **びり**
  < bi.ri > 倒數第一
- **びじん【美人】**
  < bi.ji.n > 美女

- **びん【瓶】**
  < bi.n > 瓶子
- **びえん【鼻炎】**
  < bi.e.n > 鼻炎

小小叮嚀：

- 平假名依照清音「ひ」的筆劃順序，最後在第一劃右邊尖尖的旁邊，寫兩個點。
- 片假名的筆順依序由左而右、由上而下書寫即可。

說說看

びんぼう。【貧乏】

< bi.n.bo.o > 貧窮。

發音重點：

以扁唇發出類似「ㄅㄨ」的聲音。

ぶ/ブ 有什麼？

- **ぶた【豚】**
  < bu.ta > 豬

- **ぶじ【無事】**
  < bu.ji > 平安
- **ぶどう【葡萄】**
  < bu.do.o > 葡萄

- **ぶたにく【豚肉】**
  < bu.ta.ni.ku > 豬肉

MP3 21

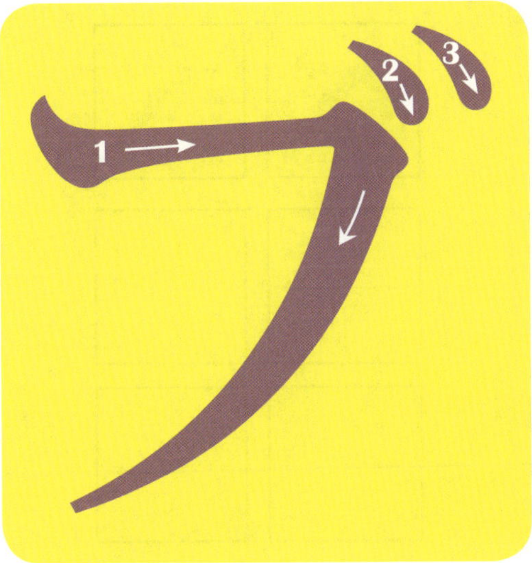

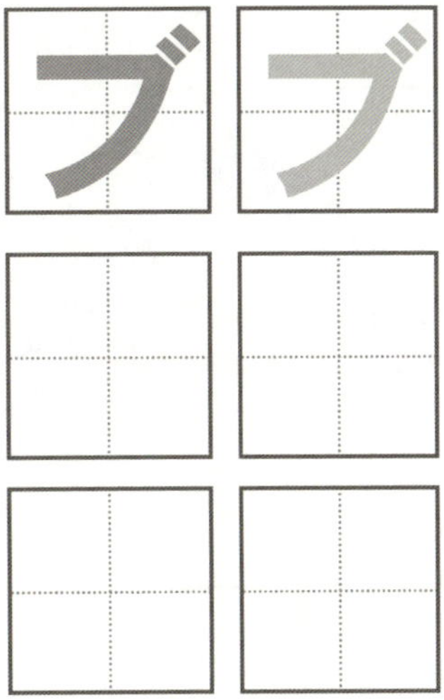

小小叮嚀：

- 平假名依照清音「ふ」的筆劃順序，最後在第一劃的右邊，寫兩個點。
- 注意兩個點不是在第一劃和第四劃的中間喔！
- 片假名的筆順依序由左而右、由上而下書寫即可。

説説看

ぶれい！【無礼】

< bu.re.e > 沒有禮貌！

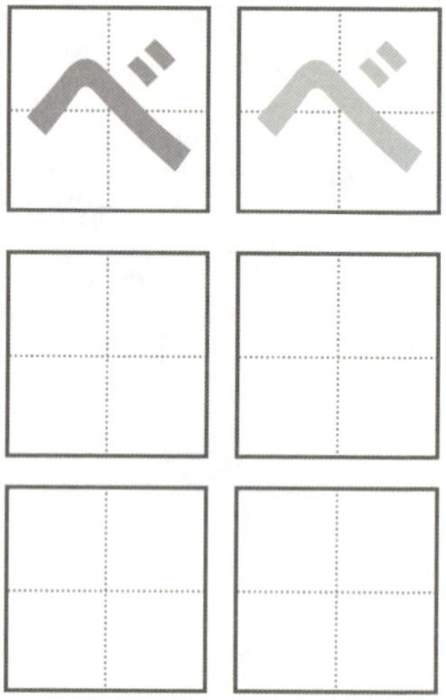

發音重點：

嘴角往左右拉平，
發出類似「杯」的聲音。

べ/ベ有什麼？

- **べつ【別】**
  < be.tsu > 另外
- **べんさい【弁才】**
  < be.n.sa.i > 口才
- **べんり【便利】**
  < be.n.ri > 方便
- **べんとう【弁当】**
  < be.n.to.o > 便當

MP3 21

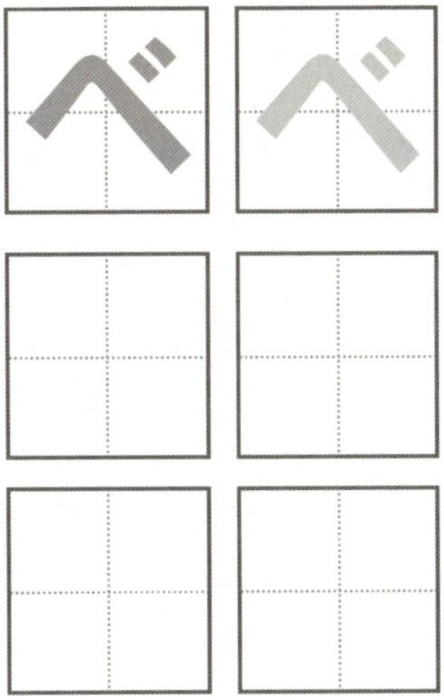

小小叮嚀：

- 平假名依照清音「へ」的筆劃順序，最後在第一劃彎曲的右邊，寫兩個點。
- 片假名的筆順依序由左而右、由上而下書寫即可。

說說看

べつに。 【別に】

< be.tsu.ni > 沒什麼。

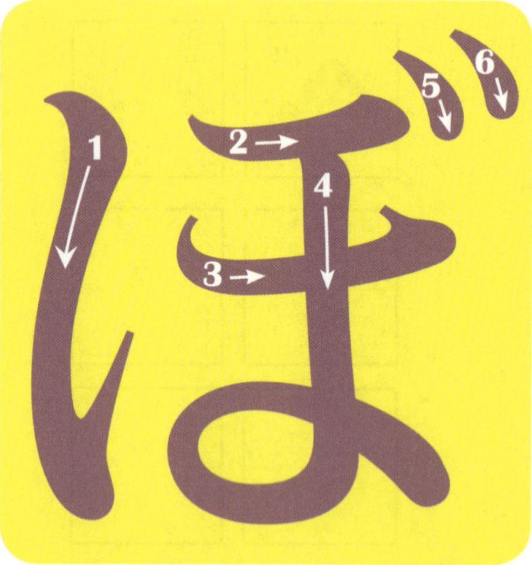

ぼ ぼ

發音重點：

嘴唇呈圓形，
發出類似「剝」的聲音。

ぼ/ボ有什麼？

- **ぼう**【棒】
  < bo.o > 棒子
- **ぼく**【僕】
  < bo.ku > 我，男子對同輩及晚輩的自稱
- **ぼうし**【帽子】
  < bo.o.shi > 帽子
- **ぼうけん**【冒險】
  < bo.o.ke.n > 冒險

MP3
21

小小叮嚀：

- 平假名依照清音「ほ」的筆劃順序，最後在第二劃的右邊，寫兩個點。
- 注意兩個點要在第二劃和第三劃中間的外側才會好看喔！
- 片假名的筆順依序由左而右、由上而下書寫即可。

說說看

ぼろぼろ。

< bo.ro.bo.ro > 破破爛爛。

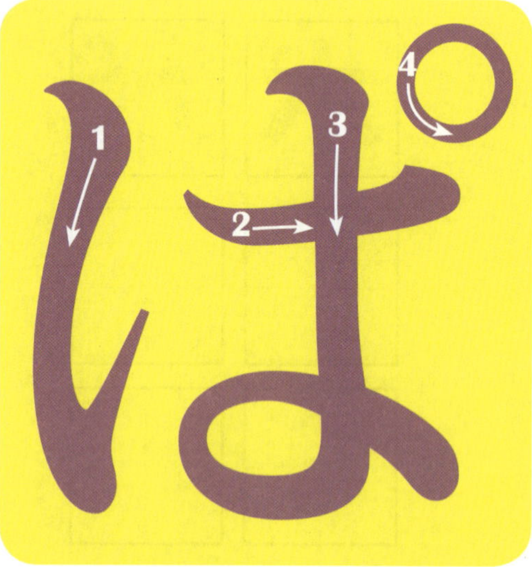

發音重點：

嘴巴自然地張開，發出類似「趴」的聲音。

ぱ/パ有什麼？

- **パン** < pa.n >
  pão（葡），麵包

- **ぱちんこ**
  < pa.chi.n.ko > 柏青哥

- **パンダ**
  < pa.n.da > panda，熊貓

- **パパイア**
  < pa.pa.i.a > papaya，木瓜

MP3 22

小小叮嚀：

- 平假名依照清音「は」的筆劃順序，最後在第二劃和第三劃交叉的右上方，寫一個小圈圈。
- 片假名的筆順依序由左而右、由上而下書寫即可。

說說看

ぱさぱさ。

< pa.sa.pa.sa > 乾巴巴地。

發音重點：

嘴角往兩側延展，發出類似「匹」的聲音。

ぴ/ピ有什麼？

- **ピアノ**
  < pi.a.no > piano，鋼琴

- **ぴりぴり**
  < pi.ri.pi.ri > 戰戰兢兢

- **えんぴつ**【鉛筆】
  < e.n.pi.tsu > 鉛筆

- **ぴかぴか**
  < pi.ka.pi.ka > 閃閃發亮

MP3 22

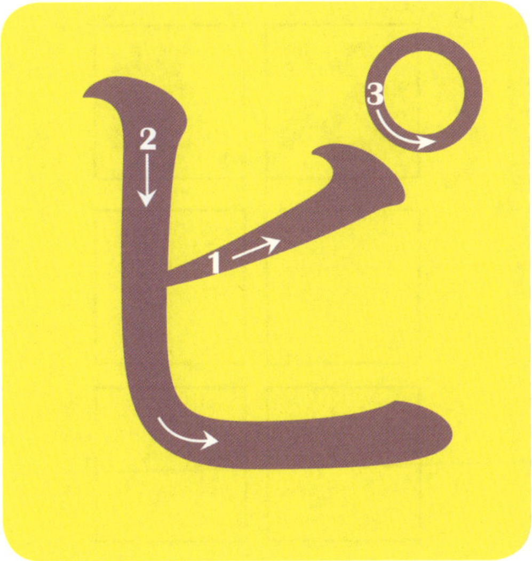

小小叮嚀：

- 平假名依照清音「ひ」的筆劃順序，最後在第一劃右邊尖尖的旁邊，寫一個小圈圈。
- 片假名的筆順依序由左而右、由上而下書寫即可。

說說看

ぴんときた！

【ぴんと来た】 < pi.n to ki.ta > 忽然想起來了！

發音重點：

以扁唇發出類似「噗」的聲音。

ぷ/プ有什麼？

- **プリン**
  < pu.ri.n > pudding，布丁

- **プライド**
  < pu.ra.i.do > pride，自尊心

- **ぷんぷん**
  < pu.n.pu.n > 怒氣沖沖地

- **ぷりんぷりん**
  < pu.ri.n.pu.ri.n > 有彈性的

MP3 22

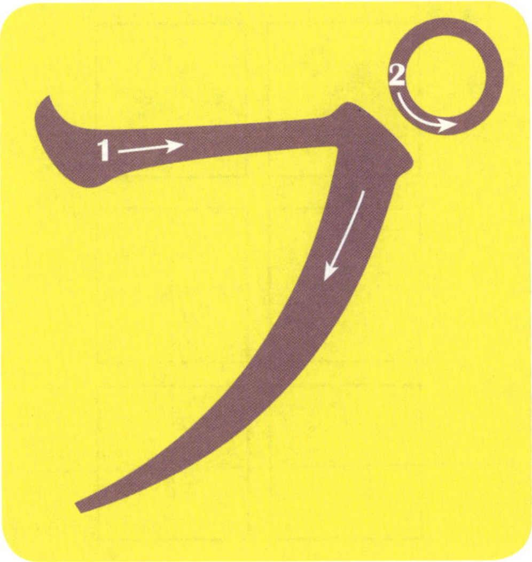

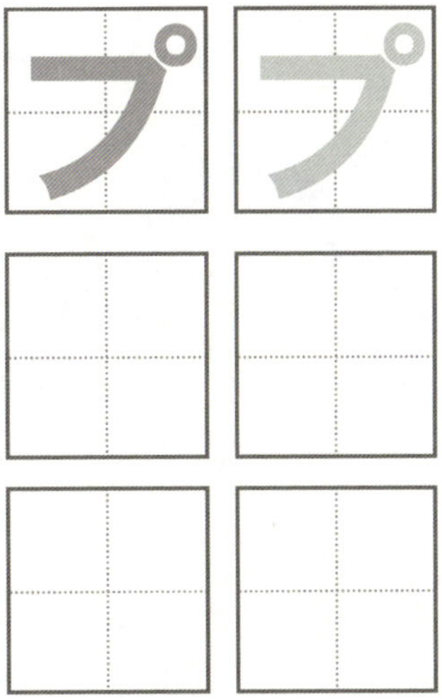

小小叮嚀：

- 平假名依照清音「ふ」的筆劃順序，最後在第一劃的右邊，寫一個小圈圈。
- 注意小圈圈和「ぶ」的兩個點一樣，不是在第一劃和第四劃的中間喔！
- 片假名的筆順依序由左而右、由上而下書寫即可。

說說看

ぷうたろう。

【ぷう太郎】< pu.u.ta.ro.o > 無業遊民。

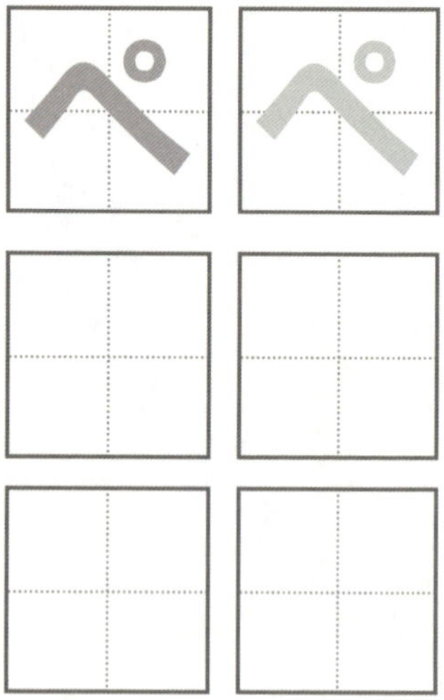

發音重點：

嘴角往左右拉平，
發出類似「胚」的聲音。

ぺ/ぺ有什麼？

- **ペン**
  < **pe.n** > pen，筆

- **ペンギン**
  < **pe.n.gi.n** > penguin，企鵝

- **ペア**
  < **pe.a** > pair，一對
- **ぺろぺろ**
  < **pe.ro.pe.ro** > 舔舌貌

MP3
22

小小叮嚀：

- 平假名依照清音「へ」的筆劃順序，最後在第一劃彎曲的斜上方，寫一個小圈圈。
- 片假名的筆順依序由左而右、由上而下書寫即可。

說說看

ぺこぺこ。

< pe.ko.pe.ko > 餓扁了。

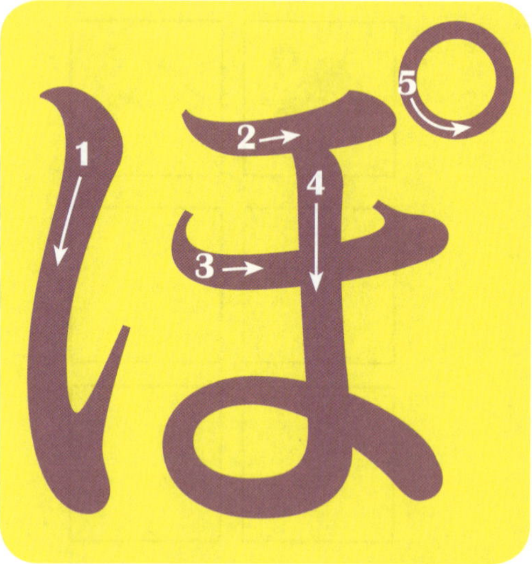

發音重點：

嘴唇呈圓形，
發出類似「坡」的聲音。

ぽ/ポ有什麼？

- **ポスト**
  ＜ po.su.to ＞ 郵筒
- **ポイント**
  ＜ po.i.n.to ＞ point，重點
- **ぽつぽつ**
  ＜ po.tsu.po.tsu ＞ 滴滴答答
- **ぽかぽか**
  ＜ po.ka.po.ka ＞ 暖和

MP3 22

小小叮嚀：

· 平假名依照清音「ほ」的筆劃順序，最後在第二劃的右邊，寫一個小圈圈。
· 注意小圈圈和「ぼ」的兩個點一樣，都是要在第二劃和第三劃中間的外側才會好看喔！
· 片假名的筆順依序由左而右、由上而下書寫即可。

說說看

ぽんこつ。

< po.n.ko.tsu > 破破舊舊。

學習目標

1. 學習33個「拗音」的發音，及其平假名和片假名的寫法。
2. 學習「促音」的發音規則，及其名假名和片假名的寫法。
3. 學習「長音」的發音規則，及其平假名和片假名的寫法。
4. 學習相關實用單字。
5. 開口說說看。

DAY 4 拗音／促音／長音

今日學習重點

MP3 23/24

拗音表

平假名	片假名	平假名	片假名	平假名	片假名
きゃ	キャ	きゅ	キュ	きょ	キョ
kya		**kyu**		**kyo**	
しゃ	シャ	しゅ	シュ	しょ	ショ
sha		**shu**		**sho**	
ちゃ	チャ	ちゅ	チュ	ちょ	チョ
cha		**chu**		**cho**	
にゃ	ニャ	にゅ	ニュ	にょ	ニョ
nya		**nyu**		**nyo**	
ひゃ	ヒャ	ひゅ	ヒュ	ひょ	ヒョ
hya		**hyu**		**hyo**	
みゃ	ミャ	みゅ	ミュ	みょ	モョ
mya		**myu**		**myo**	
りゃ	リャ	りゅ	リュ	りょ	リョ
rya		**ryu**		**ryo**	
ぎゃ	ギャ	ぎゅ	ギュ	ぎょ	ギョ
gya		**gyu**		**gyo**	
じゃ	ジャ	じゅ	ジュ	じょ	ジョ
ja		**ju**		**jo**	
びゃ	ビャ	びゅ	ビュ	びょ	ビョ
bya		**byu**		**byo**	
ぴゃ	ピャ	ぴゅ	ピュ	ぴょ	ビョ
pya		**pyu**		**pyo**	

❶「拗音」的構成，是「い」段音當中裡面除了「い」之外，其他如「き」、「し」、「ち」、「に」、「ひ」、「み」、「り」、「ぎ」、「じ」、「び」、「ぴ」幾個假名，在其右下方加上字體較小的「ゃ」、「ゅ」、「ょ」，二者結合在一起，就形成拗音。

❷書寫拗音時要特別注意：

①字體較小的「ゃ」、「ゅ」、「ょ」必須寫在「い」段假名的右下方，例如「きゃ」這個假名中的「ゃ」，不可以寫得太高，要剛剛好在「き」的右下方。

②拗音雖然是二個字結合在一起，但是合在一起後，就是單純一個字了，所以不可以寫得太開，例如寫成「き ゃ」，就容易被誤以為是二個字。

③「ゃ」、「ゅ」、「ょ」不可以寫得太大，例如寫成「きや」，那就是二個清音「き」和「や」，而非一個拗音「きゃ」了。

❸如何發出正確又漂亮的拗音呢？拗音的唸法，是把二個假名的音拼在一起。例如「きゃ行」第一個假名「きゃ」：

< ki > ＋ < ya > ＝ < kya >

↓ 假名「き」的發音

↓ 假名「や」的發音

↓ < ki >和< ya >拼出< kya >（きゃ）的發音

同理，「きゃ行」其他假名的發音：

「きゅ」< kyu >的發音，就是「き」< ki >+「ゆ」< yu >一起拼

「きょ」< kyo >的發音，就是「き」< ki >+「よ」< yo >一起拼

相信這些對學過ㄅ、ㄆ、ㄇ、ㄈ注音符號拼音的我們來說，一點都不難！

MP3 25/26

促音表

平假名	片假名	t
つ	ッ	

長音表

段 / 行	あ段（a）平假名	あ段（a）片假名	い段（i）平假名	い段（i）片假名	う段（u）平假名	う段（u）片假名	え段（e）平假名	え段（e）片假名	お段（o）平假名	お段（o）片假名
あ行	ああ	アー	いい	イー	うう	ウー	えい / ええ	エー	おう / おお	オー
	a.a		i.i		u.u		e.e		o.o	
か行（k）	かあ	カー	きい	キー	くう	クー	けい / けえ	ケー	こう / こお	コー
	ka.a		ki.i		ku.u		ke.e		ko.o	
さ行（s）	さあ	サー	しい	シー	すう	スー	せい / せえ	セー	そう / そお	ソー
	sa.a		shi.i		su.u		se.e		so.o	
た行（t）	たあ	ター	ちい	チー	つう	ツー	てい / てえ	テー	とう / とお	トー
	ta.a		chi.i		tsu.u		te.e		to.o	
な行（n）	なあ	ナー	にい	ニー	ぬう	ヌー	ねい / ねえ	ネー	のう / のお	ノー
	na.a		ni.i		nu.u		ne.e		no.o	
は行（h）	はあ	ハー	ひい	ヒー	ふう	フー	へい / へえ	ヘー	ほう / ほお	ホー
	ha.a		hi.i		fu.u		he.e		ho.o	
ま行（m）	まあ	マー	みい	ミー	むう	ムー	めい / めえ	メー	もう / もお	モー
	ma.a		mi.i		mu.u		me.e		mo.o	
や行（y）	やあ	ヤー			ゆう	ユー			よう / よお	ヨー
	ya.a				yu.u				yo.o	
ら行（r）	らあ	ラー	りい	リー	るう	ルー	れい / れえ	レー	ろう / ろお	ロー
	ra.a		ri.i		ru.u		re.e		ro.o	
わ行（w）	わあ	ワー								
	wa.a									

（僅列出清音，濁音、半濁音、拗音的長音規則皆同）

1 日文的「促音」只有一個，平假名寫法是把清音的「つ」變成字體較小的「っ」；片假名的寫法是把清音的「ツ」變成字體較小的「ッ」。

2 促音不會單獨存在，它的前面必須有字，例如：「あっ」（啊！），或者是前後都有字，例如：「きっぷ」（車票）、「コップ」（杯子）。

3 書寫促音時要特別注意，促音「っ」雖然小小的，但是不可以像拗音一樣寫在其他假名的右下方，它是單獨一個字，必須獨立書寫成一格。例如從「きって」（郵票）就可以看出「っ」，是寫在「き」和「て」的正中央。

4 促音在發音上也算一拍，但是它不需發出聲音，而是停頓一拍。例如「きって」就是發三拍，其中「っ」的發音：

假名「っ」的發音

きって

發一拍「き」
< ki > 的聲音

因為是「促音」，
所以停一拍

發一拍「て」
< te >的聲音

若要用羅馬拼音標示促音時，方法為重覆下一個假名的第一個拼音字母，像是「きって」就是< ki.t.te >。

5 所謂的「長音」，就是在發音的時候，嘴型保持不變，將母音拉長一拍。從左頁的表格中，可以清楚看到平假名的長音，有拉長母音「あ」、「い」、「う」、「え」、「お」等各種情況。而在書寫長音的片假名時，橫書時一律用「ー」的符號來表示，直書時則必須寫成「丨」。

6 長音不管在「發音」或「書寫」上，都要確實發出或寫出，不然雖然聽起來或看起來很相似，但是意思卻大不相同。例如：

おばさん
< o.ba.sa.n >

相似！

おばあさん
< o.ba.a.sa.n >

沒有長音，中文意為
「阿姨、姑姑」

大不相同！

有長音，中文意為
「阿嬤」

如果不想把漂亮阿姨叫錯成阿嬤，就要好好學習長音喔！

發音重點：

嘴巴自然地張開，將「き」（ki）和「や」（ya）用拼音方式，發出類似台語「站」的輕聲。

きゃ/キャ有什麼？

- **きゃく**【客】
  < kya.ku > 客人

- **きゃくほん**【脚本】
  < kya.ku.ho.n > 劇本

- **きゃくま**【客間】
  < kya.ku.ma > 客廳

- **きゃたつ**【脚立】
  < kya.ta.tsu > 馬梯

MP3 27

小小叮嚀：

- 平假名先依照清音「き」的筆劃順序寫一個「き」。
- 再依照清音「や」的筆劃順序，在「き」的右下方寫一個小字的「ゃ」，高度大約是「き」的一半。
- 拗音由一大一小兩個字合成，看似兩個字，其實只是一個字喔！
- 片假名的筆順依序由左而右、由上而下書寫即可。

說說看

きゃあ！

< kya.a > 啊！（驚叫聲）

發音重點：

嘴角向中間靠攏，將「き」（ki）和「ゆ」（yu）用拼音方式，發出類似英文字母「Q」的聲音。

きゅ/キュ有什麼？

- **きゅう**【九】
  < kyu.u > 九

- **きゅうり**【胡瓜】
  < kyu.u.ri > 小黃瓜

- **きゅうか**【休暇】
  < kyu.u.ka > 休假
- **きゅうこん**【求婚】
  < kyu.u.ko.n > 求婚

小小叮嚀：

- 平假名先依照清音「き」的筆劃順序寫一個「き」。
- 再依照清音「ゆ」的筆劃順序，在「き」的右下方寫一個小字的「ゅ」，高度大約是「き」的一半。
- 片假名的筆順依序由左而右、由上而下書寫即可。

說說看

きゅうけいしよう。

【休憩しよう】< kyu.u.ke.e.shi.yo.o > 休息吧。

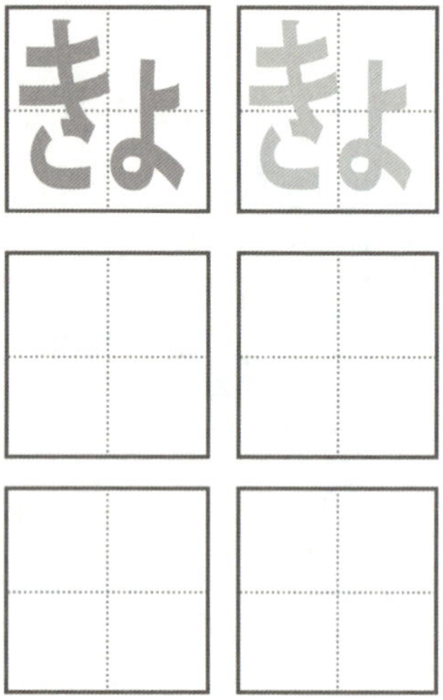

發音重點：

嘴唇呈圓形，將「き」（ki）和「よ」（yo）用拼音方式，發出類似台語「撿」的輕聲。

きょ/キョ有什麼？

- **きょり**【距離】
  < kyo.ri > 距離

- **きょねん**【去年】
  < kyo.ne.n > 去年

- **きょか**【許可】
  < kyo.ka > 允許

- **きょくたん**【極端】
  < kyo.ku.ta.n > 極端

小小叮嚀：

- 平假名先依照清音「き」的筆劃順序寫一個「き」。
- 再依照清音「よ」的筆劃順序，在「き」的右下方寫一個小字的「ょ」，高度大約是「き」的一半。
- 片假名的筆順依序由左而右、由上而下書寫即可。

説説看

きょろきょろするな！

< kyo.ro.kyo.ro.su.ru.na > 不要東張西望！

發音重點：

嘴巴自然地張開，將「し」（shi）和「や」（ya）用拼音方式，發出類似「瞎」的聲音。

しゃ/シャ有什麼？

- **しゃこ【車庫】**
  < sha.ko > 車庫

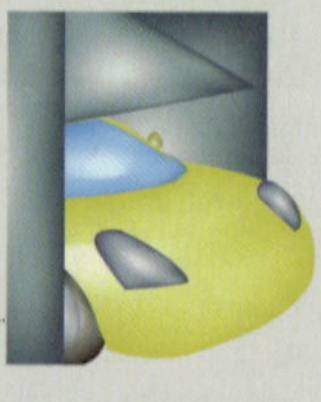

- **しゃいん【社員】**
  < sha.i.n > 公司職員

- **しゃか【釈迦】**
  < sha.ka > 釋迦牟尼

- **しゃりん【車輪】**
  < sha.ri.n > 車輪

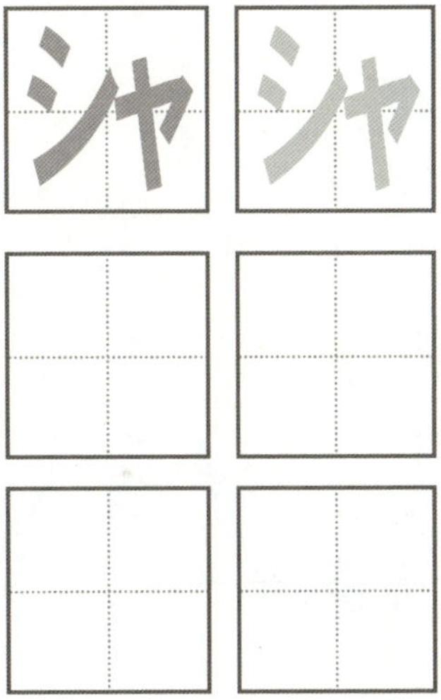

小小叮嚀：

- 平假名先依照清音「し」的筆劃順序寫一個「し」。
- 再依照清音「や」的筆劃順序，在「し」的右下方寫一個小字的「ゃ」，高度大約是「し」的一半。
- 片假名的筆順依序由左而右、由上而下書寫即可。

説說看

しゃべるな！【喋るな】

< sha.be.ru.na > 不要講話！

發音重點：

嘴角向中間靠攏，將「し」（shi）和「ゆ」（yu）用拼音方式，發出類似台語「收」的聲音。

しゅ/シュ有什麼？

- **しゅふ**【主婦】
  < shu.fu > 家庭主婦
- **しゅくだい**【宿題】
  < shu.ku.da.i > 功課，作業
- **しゅわ**【手話】
  < shu.wa > 手語
- **しゅうかん**【習慣】
  < shu.u.ka.n > 習慣

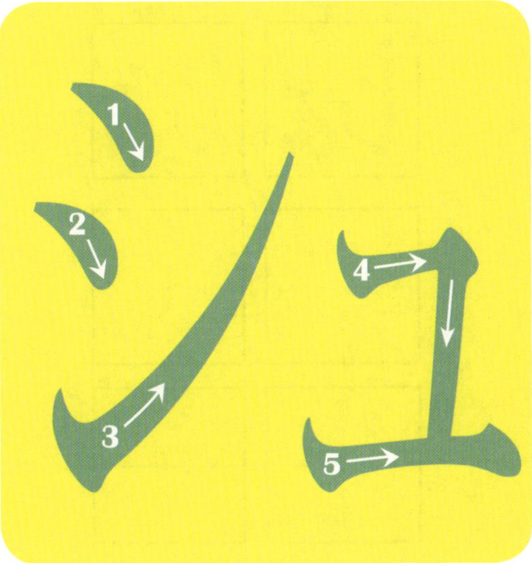

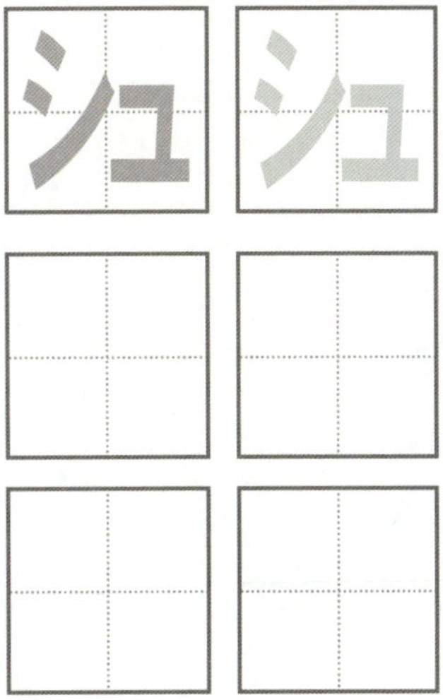

小小叮嚀：

- 平假名先依照清音「し」的筆劃順序寫一個「し」。
- 再依照清音「ゆ」的筆劃順序，在「し」的右下方寫一個小字的「ゅ」，高度大約是「し」的一半。
- 片假名的筆順依序由左而右、由上而下書寫即可。

說說看

しゅみは？【趣味は】

< shu.mi.wa > 興趣呢？

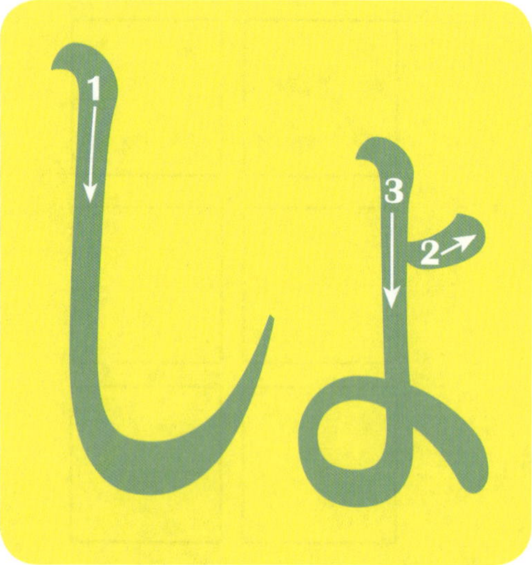

發音重點：

嘴唇呈圓形，將「し」（shi）和「よ」（yo）用拼音方式，發出類似「休」的聲音。

しょ/ショ有什麼？

- **しょり**【処理】
  < sho.ri > 處理
- **しょくじ**【食事】
  < sho.ku.ji > 用餐
- **しょみん**【庶民】
  < sho.mi.n > 老百姓

- **しょきゅう**【初級】
  < sho.kyu.u > 初級

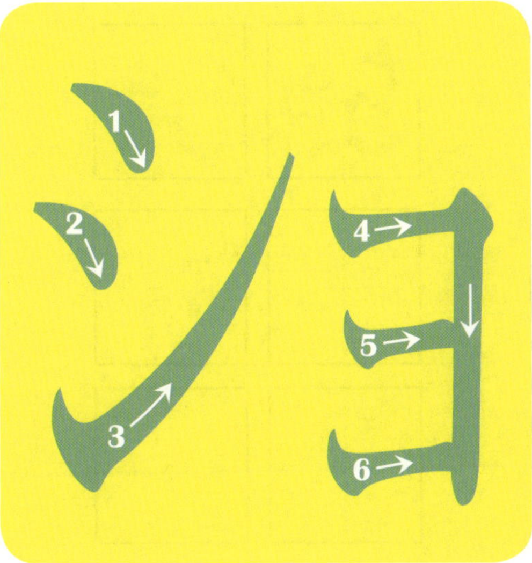

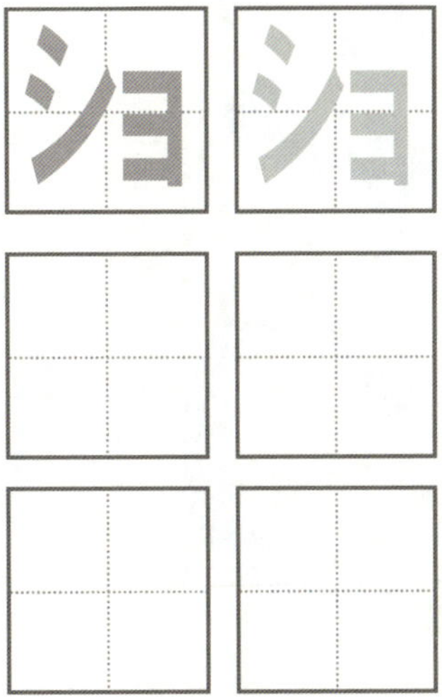

小小叮嚀：

- 平假名先依照清音「し」的筆劃順序寫一個「し」。
- 再依照清音「よ」的筆劃順序，在「し」的右下方寫一個小字的「ょ」，高度大約是「し」的一半。
- 片假名的筆順依序由左而右、由上而下書寫即可。

說說看

しょうかいして！

【紹介して】 < sho.o.ka.i.shi.te > 介紹給我！

ちゃ ちゃ

發音重點：

嘴巴自然地張開，將「ち」（chi）和「や」（ya）用拼音方式，發出類似「掐」的聲音。

ちゃ/チャ 有什麼？

- **ちゃいろ**【茶色】
  < cha.i.ro > 咖啡色，棕色
- **ちゃくりく**【着陸】
  < cha.ku.ri.ku > 著陸
- **ちゃわん**【茶碗】
  < cha.wa.n > 飯碗
- **ちゃくにん**【着任】
  < cha.ku.ni.n > 到任

MP3 29

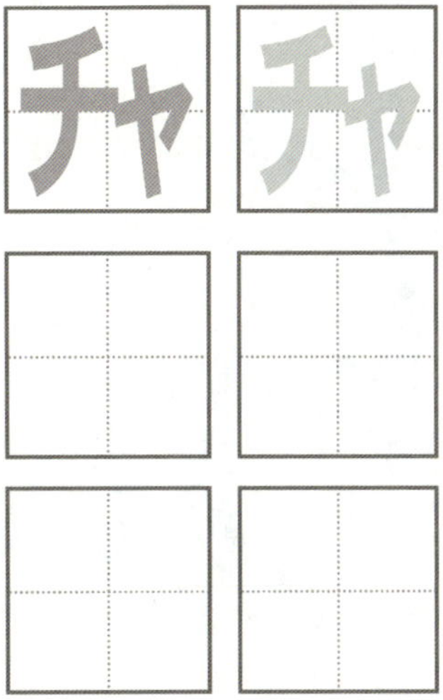

小小叮嚀：

- 平假名先依照清音「ち」的筆劃順序寫一個「ち」。
- 再依照清音「や」的筆劃順序，在「ち」的右下方寫一個小字的「ゃ」，高度大約是「ち」的一半。
- 片假名的筆順依序由左而右、由上而下書寫即可。

説說看

ちゃんとしなさい！

< cha.n.to shi.na.sa.i > 好好地做！

發音重點：

嘴角向中間靠攏，將「ち」（chi）和「ゆ」（yu）用拼音方式，發出類似台語「秋」的聲音。

ちゅ/チュ有什麼？

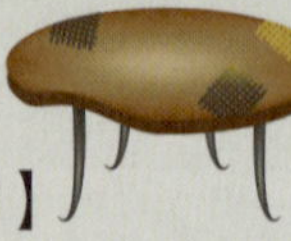

- **ちゅうこ**【中古】
  < chu.u.ko > 中古，二手
- **ちゅうし**【中止】
  < chu.u.shi > 中止
- **ちゅうもん**【注文】
  < chu.u.mo.n > 訂購，要求
- **ちゅうごく**【中国】
  < chu.u.go.ku > 中國

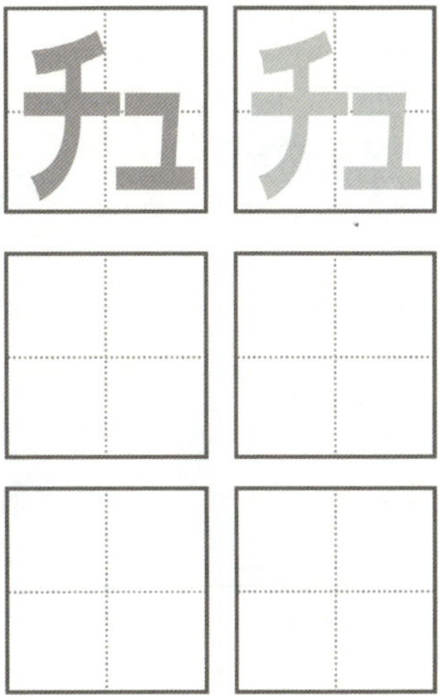

小小叮嚀：

- 平假名先依照清音「ち」的筆劃順序寫一個「ち」。
- 再依照清音「ゆ」的筆劃順序，在「ち」的右下方寫一個小字的「ゅ」，高度大約是「ち」的一半。
- 片假名的筆順依序由左而右、由上而下書寫即可。

說說看

ちゅういして！

【注意して】< chu.u.i.shi.te > 注意！

ちょ ちょ

發音重點：

嘴唇呈圓形，將「ち」（chi）和「よ」（yo）用拼音方式，發出類似「丘」的聲音。

ちょ/チョ有什麼？

- **ちょしゃ**【著者】
  < cho.sha > 作者
- **ちょくせつ**【直接】
  < cho.ku.se.tsu > 直接
- **ちょくご**【直後】
  < cho.ku.go > ……之後不久
- **ちょくせん**【直線】
  < cho.ku.se.n > 直線

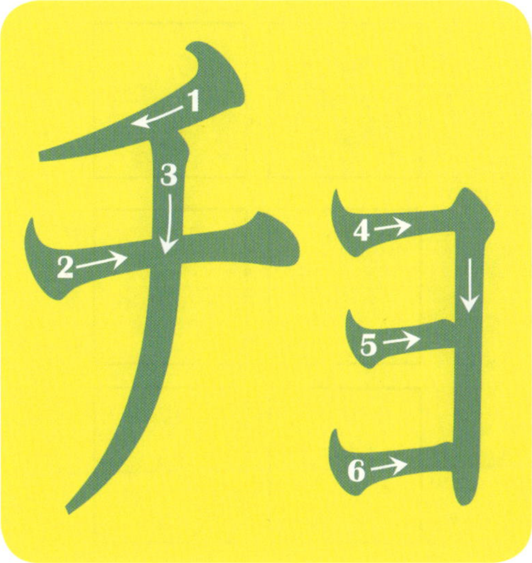

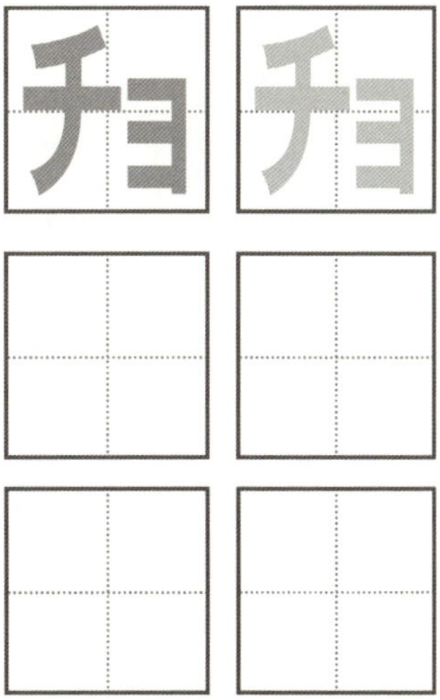

小小叮嚀：

- 平假名先依照清音「ち」的筆劃順序寫一個「ち」。
- 再依照清音「よ」的筆劃順序，在「ち」的右下方寫一個小字的「ょ」，高度大約是「ち」的一半。
- 片假名的筆順依序由左而右、由上而下書寫即可。

説説看

ちょうどいい。

【調度いい】< cho.o.do i.i > 剛剛好。

發音重點：

嘴巴自然地張開，舌頭抵在齒後，將「に」（ni）和「や」（ya）用拼音方式，發出類似台語「領」的輕聲。

にゃ/ニャ有什麼？

- **にゃあにゃあ**
  < nya.a.nya.a > 喵喵（貓咪的叫聲）
- **にゃんこ**
  < nya.n.ko > 貓的暱稱
- **こんにゃく**【蒟蒻】
  < ko.n.nya.ku > 蒟蒻
- **ろうにゃく**【老若】
  < ro.o.nya.ku > 老人和年輕人

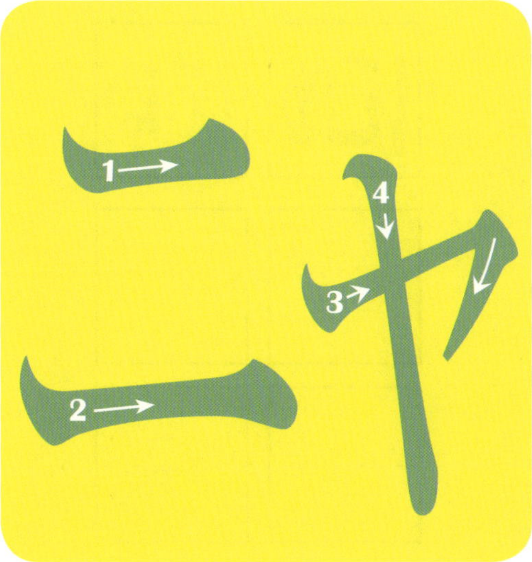

小小叮嚀：

- 平假名先依照清音「に」的筆劃順序寫一個「に」。
- 再依照清音「や」的筆劃順序，在「に」的右下方寫一個小字的「ゃ」，高度大約是「に」的一半。
- 片假名的筆順依序由左而右、由上而下書寫即可。

說說看

ふにゃふにゃ。

< fu.nya.fu.nya > 軟趴趴地。

にゅ にゅ

發音重點：

嘴角向中間靠攏，舌頭抵在齒後，將「に」（ni）和「ゅ」（yu）用拼音方式，發出類似英文「new」的輕聲。

にゅ/ニュ有什麼？

- **にゅうし**【入試】
  <nyu.u.shi> 入學考試
- **にゅうせき**【入籍】
  <nyu.u.se.ki> 入戶籍
- **にゅういん**【入院】
  <nyu.u.i.n> 住院

- **にゅうがく**【入学】
  <nyu.u.ga.ku> 入學

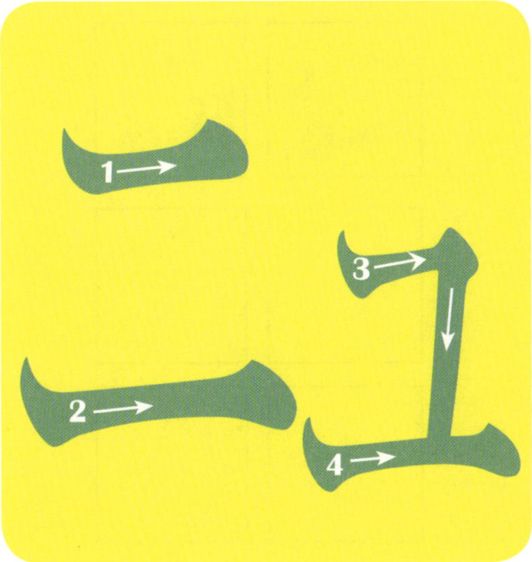

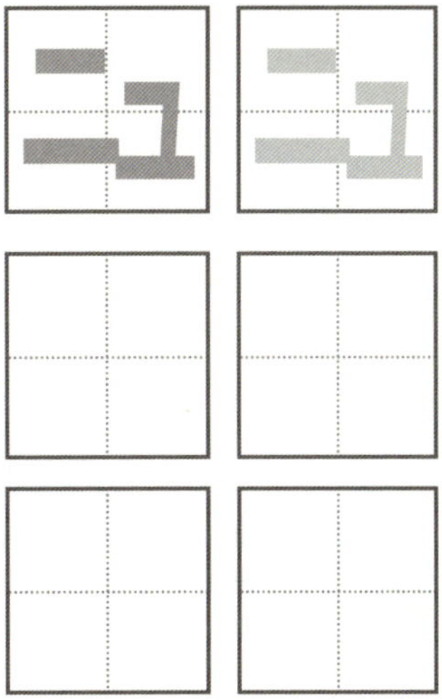

小小叮嚀：

- 平假名先依照清音「に」的筆劃順序寫一個「に」。
- 再依照清音「ゆ」的筆劃順序，在「に」的右下方寫一個小字的「ゅ」，高度大約是「に」的一半。
- 片假名的筆順依序由左而右、由上而下書寫即可。

說說看

にゅうこくてつづき。

【入国手続き】

< nyu.u.ko.ku.te.tsu.zu.ki > 入境手續。

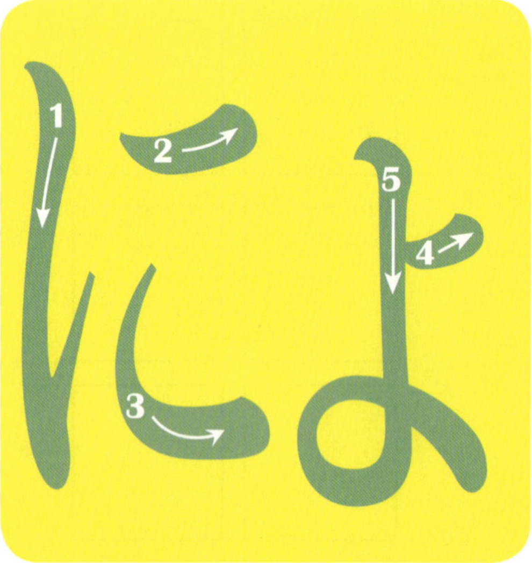

發音重點：

嘴唇呈圓形，舌頭抵在齒後，將「に」（ni）和「よ」（yo）用拼音方式，發出類似「妞」的聲音。

にょ/ニョ 有什麼？

● **にょい**【如意】
< nyo.i > 如意，稱心

● **にょう**【尿】
< nyo.o > 尿

● **にょじつ**【如実】
< nyo.ji.tsu > 真實

● **にょうぼう**【女房】
< nyo.o.bo.o > 老婆

MP3 30

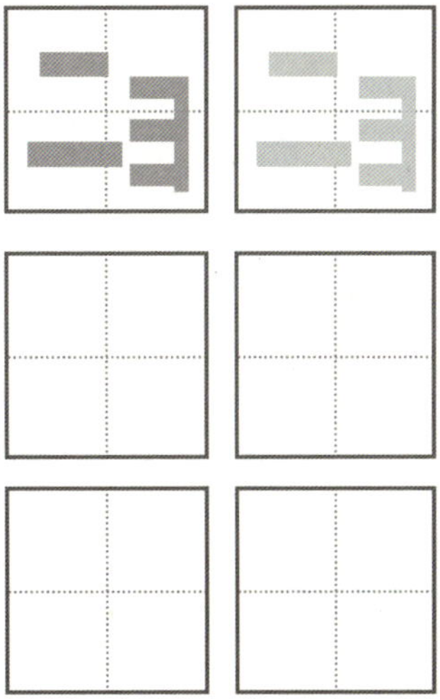

小小叮嚀：

- 平假名先依照清音「に」的筆劃順序寫一個「に」。
- 再依照清音「よ」的筆劃順序，在「に」的右下方寫一個小字的「ょ」，高度大約是「に」的一半。
- 片假名的筆順依序由左而右、由上而下書寫即可。

說說看

にょろにょろ。

< nyo.ro.nyo.ro > 蜿蜒地。

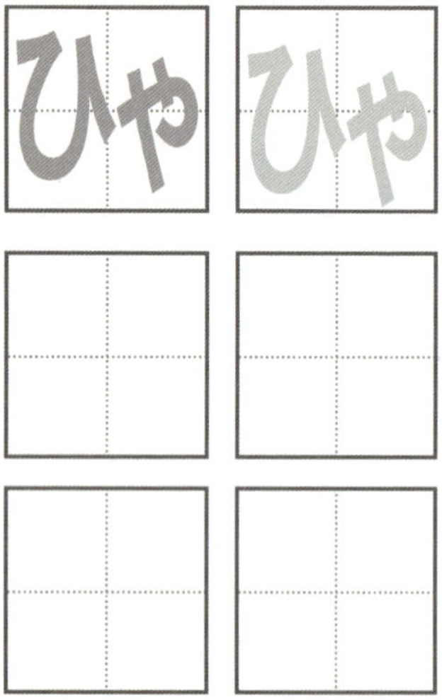

發音重點：

嘴巴自然地張開，將「ひ」（hi）和「や」（ya）用拼音方式，發出類似台語「蟻」的聲音。

ひゃ/ヒャ有什麼？

- **ひゃく**【百】
  < hya.ku > 一百
- **ひゃくてん**【百点】
  < hya.ku.te.n > 一百分
- **ひゃくまん**【百万】
  < hya.ku.ma.n > 一百萬
- **ひゃくねん**【百年】
  < hya.ku.ne.n > 一百年

小小叮嚀：

- 平假名先依照清音「ひ」的筆劃順序寫一個「ひ」。
- 再依照清音「や」的筆劃順序，在「ひ」的右下方寫一個小字的「ゃ」，高度大約是「ひ」的一半。
- 片假名的筆順依序由左而右、由上而下書寫即可。

說說看

ひゃくにんりきだ！

【百人力だ】

< hya.ku.ni.n.ri.ki.da >（有了幫助，）力量就大了！

發音重點：

嘴角向中間靠攏，將「ひ」（hi）和「ゆ」（yu）用拼音方式，發出類似台語「休息」中「休」的聲音。

ひゅ/ヒュ有什麼？

- **ひゅうがし【日向市】**

< hyu.u.ga.shi >

日向市，位於日本宮崎縣北部

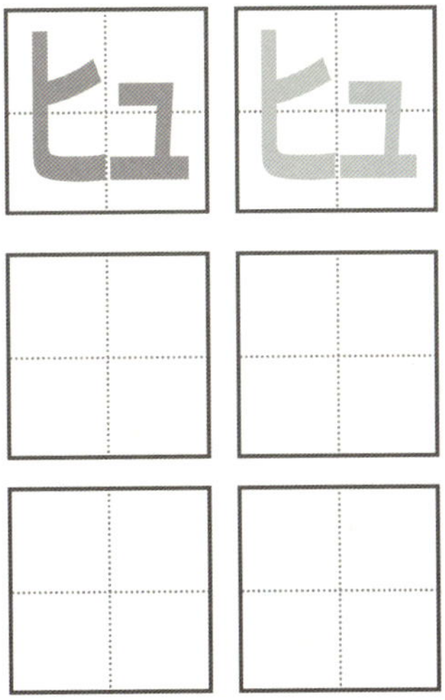

小小叮嚀：

- 平假名先依照清音「ひ」的筆劃順序寫一個「ひ」。
- 再依照清音「ゆ」的筆劃順序，在「ひ」的右下方寫一個小字的「ゅ」，高度大約是「ひ」的一半。
- 片假名的筆順依序由左而右、由上而下書寫即可。

説說看

ひゅうひゅう。

< hyu.u.hyu.u > 咻咻，形容強風的聲音。

ひょ ひょ

發音重點：

嘴唇呈圓形，將「ひ」（hi）和「よ」（yo）用拼音方式，發出類似台語「歇睏」中「歇」的聲音。

ひょ/ヒョ有什麼？

- **ひょう**【豹】
  < hyo.o > 豹

- **ひょうがら**【豹柄】
  < hyo.o.ga.ra > 豹紋
- **ひょうか**【評価】
  < hyo.o.ka > 評價，估計
- **ひょうじょう**【表情】
  < hyo.o.jo.o > 表情

MP3
31

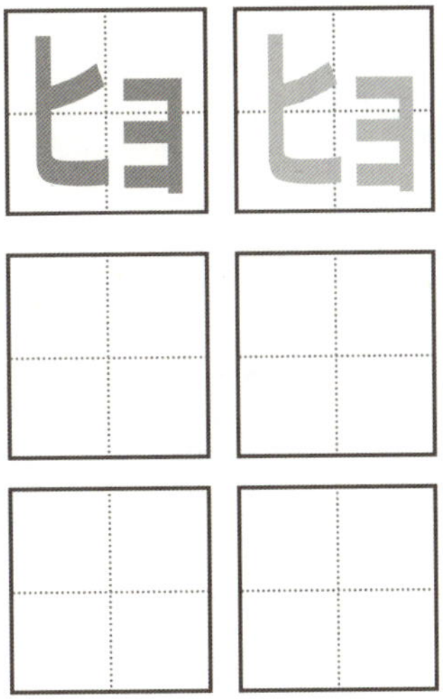

小小叮嚀：

- 平假名先依照清音「ひ」的筆劃順序寫一個「ひ」。
- 再依照清音「よ」的筆劃順序，在「ひ」的右下方寫一個小字的「ょ」，高度大約是「ひ」的一半。
- 片假名的筆順依序由左而右、由上而下書寫即可。

説說看

ひょうばんがいい。

【評判がいい】< hyo.o.ba.n ga i.i > 評價高。

發音重點：

嘴巴自然地張開，舌頭抵在齒後，將「み」（mi）和「や」（ya）用拼音方式，發出類似台語「命」的聲音。

みゃ/ミャ有什麼？

- **みゃく**【脈】
  < mya.ku > 脈搏

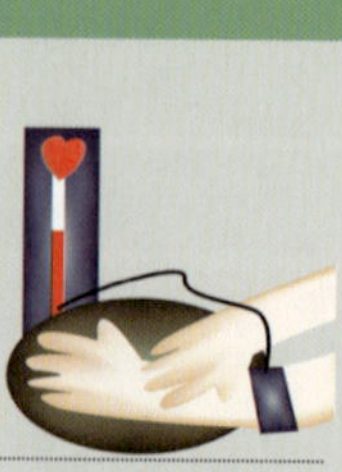

- **さんみゃく**【山脈】
  < sa.n.mya.ku > 山脈

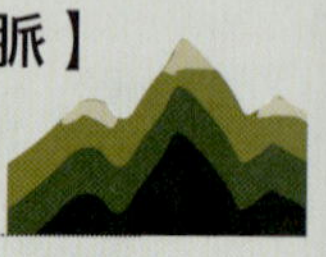

- **みゃくらく**【脈絡】
  < mya.ku.ra.ku > 脈絡，關聯

- **じんみゃく**【人脈】
  < ji.n.mya.ku > 人脈

MP3 32

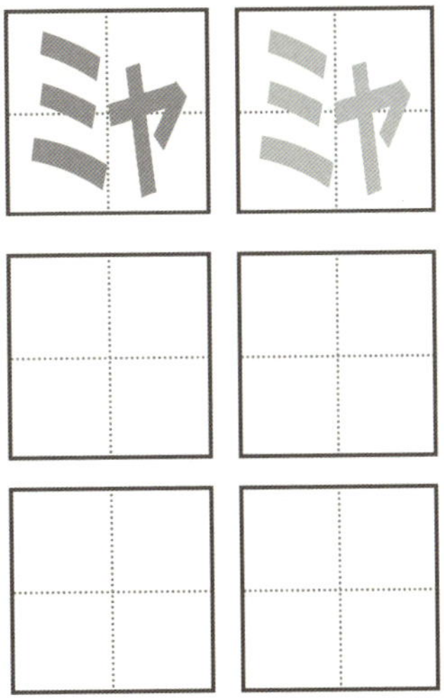

小小叮嚀：

- 平假名先依照清音「み」的筆劃順序寫一個「み」。
- 再依照清音「や」的筆劃順序，在「み」的右下方寫一個小字的「ゃ」，高度大約是「み」的一半。
- 片假名的筆順依序由左而右、由上而下書寫即可。

說說看

みゃくみゃく。

【脈々】< mya.ku.mya.ku > 接連不斷。

發音重點：

嘴角向中間靠攏，將「み」（mi）和「ゅ」（yu）用拼音方式，發出「myu」的聲音。

みゅ/ミュ有什麼？

- **ミュンヘン**
  < myu.n.he.n >
  München（德），慕尼黑

- **ミュージカル**
  < myu.u.ji.ka.ru >
  musical，歌舞劇

- **ミュール**
  < myu.u.ru >
  mule，高跟涼鞋

- **ミュージアム**
  < myu.u.ji.a.mu >
  museum，博物館

MP3 32

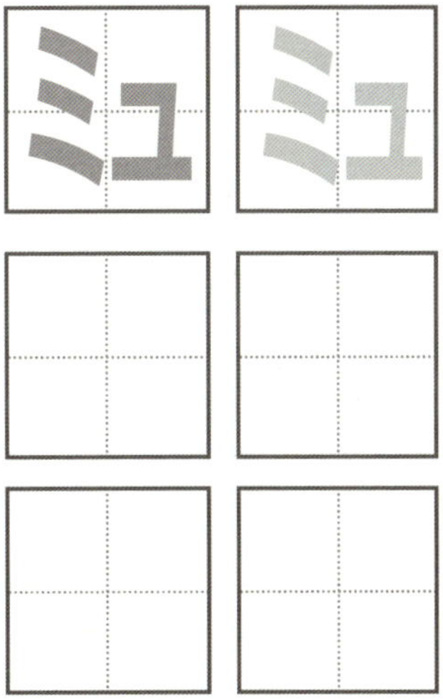

小小叮嚀：

- 平假名先依照清音「み」的筆劃順序寫一個「み」。
- 再依照清音「ゆ」的筆劃順序，在「み」的右下方寫一個小字的「ゅ」，高度大約是「み」的一半。
- 片假名的筆順依序由左而右、由上而下書寫即可。

說說看

ミュージック。

< myu.u.ji.k.ku > music，音樂。

みょ	みょ

發音重點：

嘴唇呈圓形，將「み」（mi）和「よ」（yo）用拼音方式，發出類似「謬」的輕聲。

みょ/ミョ有什麼？

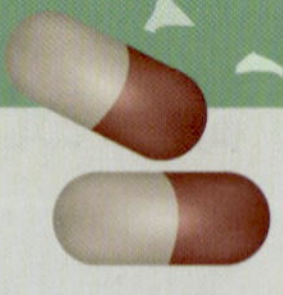

- **みょう**【妙】
  < myo.o > 妙
- **みょうやく**【妙薬】
  < myo.o.ya.ku > 特效藥
- **みょうじ**【苗字】
  < myo.o.ji > 姓
- **みょうあん**【妙案】
  < myo.o.a.n > 妙計，好主意

小小叮嚀：

- 平假名先依照清音「み」的筆劃順序寫一個「み」。
- 再依照清音「よ」的筆劃順序，在「み」的右下方寫一個小字的「ょ」，高度大約是「み」的一半。
- 片假名的筆順依序由左而右、由上而下書寫即可。

說說看

みょうりにつきる！

【冥利に尽きる】

< myo.o.ri ni tsu.ki.ru > 非常幸運！

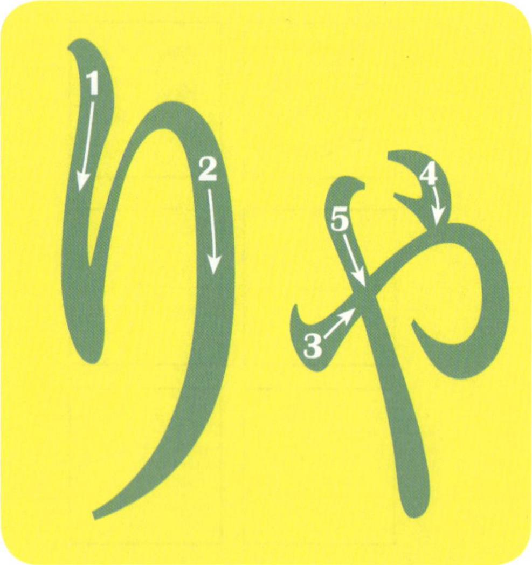

りゃ りゃ

發音重點：

嘴巴自然地張開，將「り」（ri）和「や」（ya）用拼音方式，發出類似台語「抓」的聲音。

りゃ/リャ有什麼？

- **りゃく**【略】
  < rya.ku > 省略

- **りゃくしき**【略式】
  < rya.ku.shi.ki > 簡便，簡略方式
- **りゃくが**【略画】
  < rya.ku.ga > 速寫，草圖
- **りゃくだつ**【掠奪】
  < rya.ku.da.tsu > 掠奪，搶奪

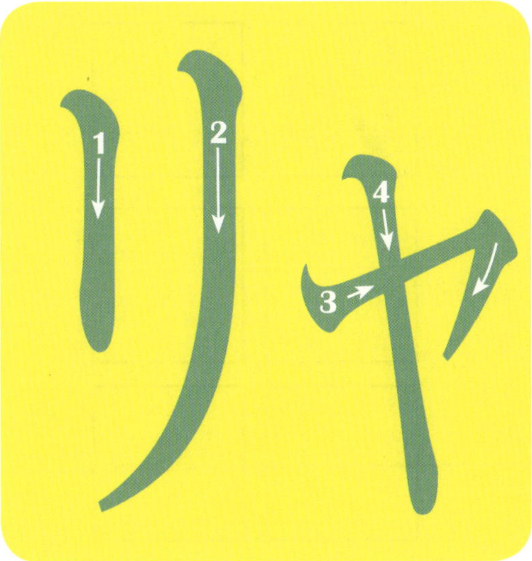

小小叮嚀：

- 平假名先依照清音「り」的筆劃順序寫一個「り」。
- 再依照清音「や」的筆劃順序，在「り」的右下方寫一個小字的「ゃ」，高度大約是「り」的一半。
- 片假名的筆順依序由左而右、由上而下書寫即可。

說說看

そりゃだめだ！

【そりゃ駄目だ】< so.rya da.me.da >

那樣不行耶！（「それはだめだ」的簡略說法）

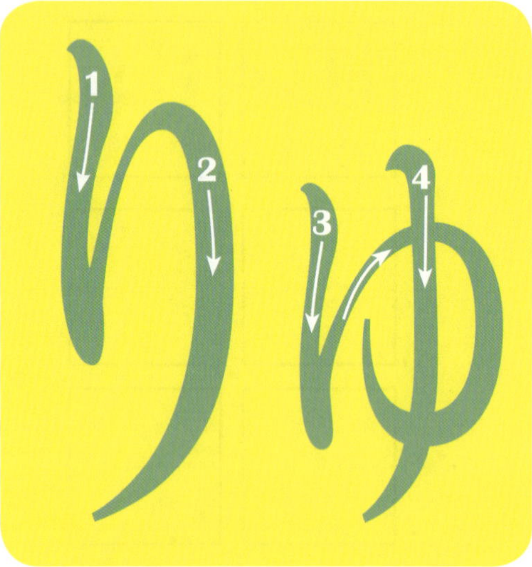

發音重點：

嘴角向中間靠攏，將「り」（ri）和「ゆ」（yu）用拼音方式，發出類似台語「泥鰍」的「鰍」的聲音。

りゅ/リュ有什麼？

- **りゅうぎ**【流儀】
  < ryu.u.gi > 流派，作風
- **りゅうねん**【留年】
  < ryu.u.ne.n > 留級

- **りゅうがく**【留学】
  < ryu.u.ga.ku > 留學
- **りゅうつう**【流通】
  < ryu.u.tsu.u > 流通

MP3 33

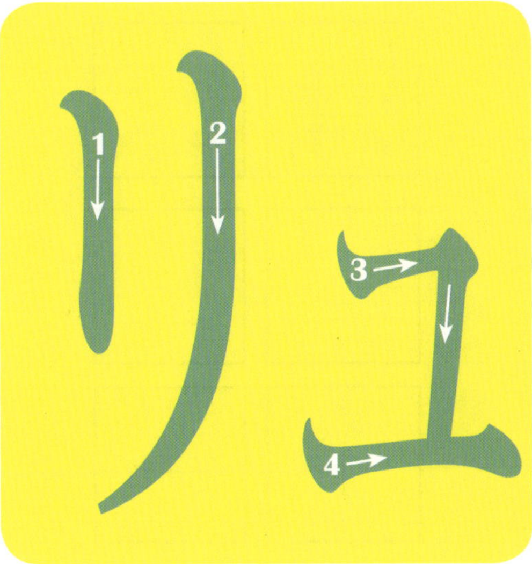

小小叮嚀：

- 平假名先依照清音「り」的筆劃順序寫一個「り」。
- 再依照清音「ゆ」的筆劃順序，在「り」的右下方寫一個小字的「ゅ」，高度大約是「り」的一半。
- 片假名的筆順依序由左而右、由上而下書寫即可。

說說看

りゅうこう。【流行】

< ryu.u.ko.o > 流行。

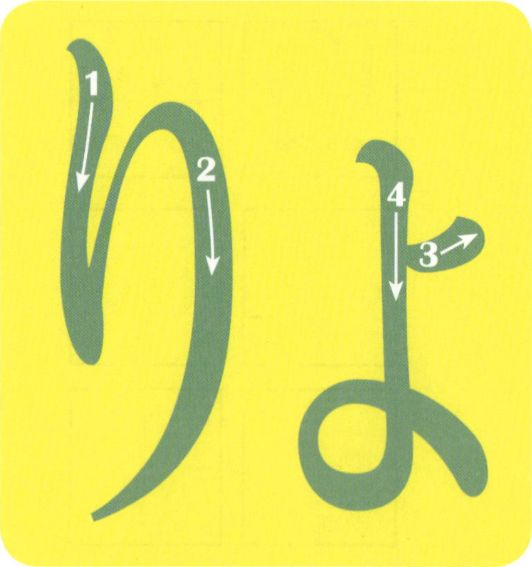

りょ りょ

發音重點：

嘴唇呈圓形，將「り」（ri）和「よ」（yo）用拼音方式，發出類似「溜」的聲音。

りょ/リョ 有什麼？

- **りょう**【寮】
  < ryo.o > 宿舍
- **りょこう**【旅行】
  < ryo.ko.o > 旅行

- **りょひ**【旅費】
  < ryo.hi > 旅費
- **りょうり**【料理】
  < ryo.o.ri > 料理

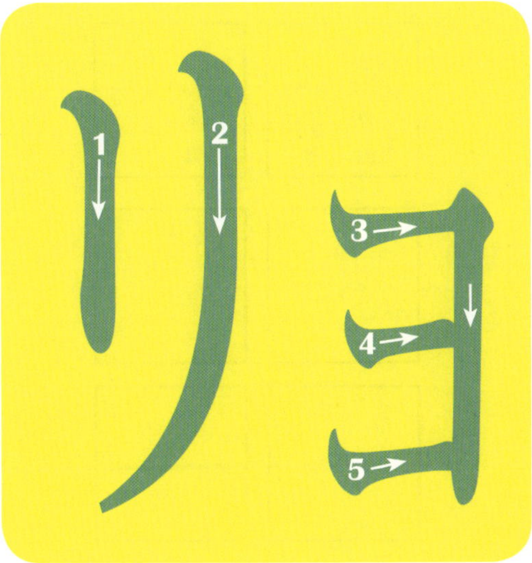

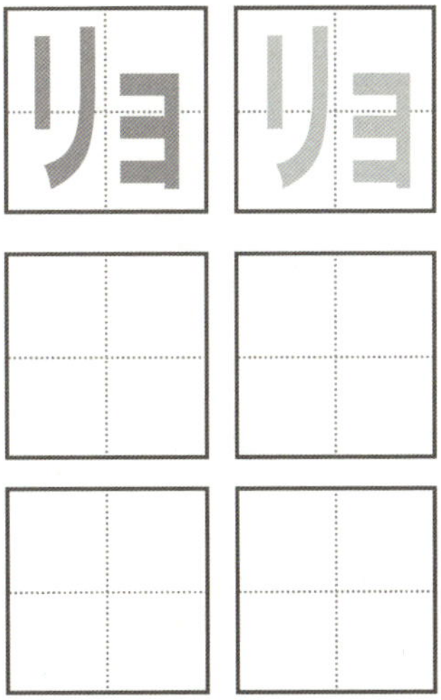

小小叮嚀：

- 平假名先依照清音「り」的筆劃順序寫一個「り」。
- 再依照清音「よ」的筆劃順序，在「り」的右下方寫一個小字的「ょ」，高度大約是「り」的一半。
- 片假名的筆順依序由左而右、由上而下書寫即可。

說說看

りょうがえする。

【両替する】

< ryo.o.ga.e.su.ru >（貨幣之間的）兌換。

發音重點：

嘴巴自然地張開，將「ぎ」（gi）和「や」（ya）用拼音方式，發出類似台語「驚」的聲音。

ぎゃ/ギャ有什麼？

- **ぎゃく【逆】**
  < gya.ku > 相反

- **ギャラ**
  < gya.ra > guarantee，演出費

- **ギャグ**
  < gya.gu > gag，搞笑的話或動作

- **ギャラリー**
  < gya.ra.ri.i > gallery，畫廊

小小叮嚀：

- 平假名先依照清音「ぎ」的筆劃順序寫一個「ぎ」。
- 再依照清音「や」的筆劃順序，在「ぎ」的右下方寫一個小字的「ゃ」，高度大約是「ぎ」的一半。
- 片假名的筆順依序由左而右、由上而下書寫即可。

説說看

ぎゃあぎゃあさわぐな！

【ぎゃあぎゃあ騒ぐな】

< gya.a.gya.a sa.wa.gu.na > 別吵吵嚷嚷！

發音重點：

嘴角向中間靠攏，將「ぎ」（gi）和「ゆ」（yu）用拼音方式，發出類似台語「縮」的聲音。

ぎゅ/ギュ有什麼？

- **ぎゅうにく【牛肉】**
  <gyu.u.ni.ku> 牛肉

- **ぎゅうどん【牛丼】**
  <gyu.u.do.n> 牛丼（牛肉蓋飯）

- **ぎゅうにゅう【牛乳】**
  <gyu.u.nyu.u> 牛奶

- **レギュラー**
  <re.gyu.ra.a> regular，正規的，正式的

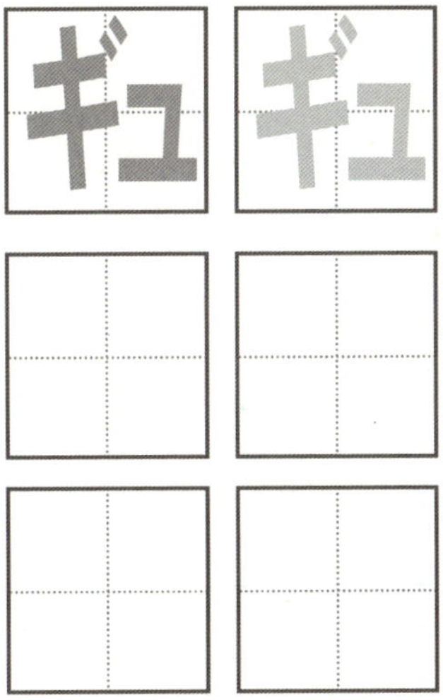

小小叮嚀：

- 平假名先依照清音「ぎ」的筆劃順序寫一個「ぎ」。
- 再依照清音「ゆ」的筆劃順序，在「ぎ」的右下方寫一個小字的「ゅ」，高度大約是「ぎ」的一半。
- 片假名的筆順依序由左而右、由上而下書寫即可。

説説看

ぎゅうぎゅう。

< gyu.u.gyu.u > 緊緊地，滿滿地。

發音重點：

嘴唇呈圓形，將「ぎ」（gi）和「よ」（yo）用拼音方式，發出類似台語「叫」的輕聲。

ぎょ/ギョ有什麼？

- **ぎょく**【玉】
  < gyo.ku > 玉
- **ぎょふ**【漁夫】
  < gyo.fu > 漁夫
- **ぎょうぎ**【行儀】
  < gyo.o.gi > 禮節
- **ぎょかい**【魚介】
  < gyo.ka.i > 魚類和貝類

MP3 34

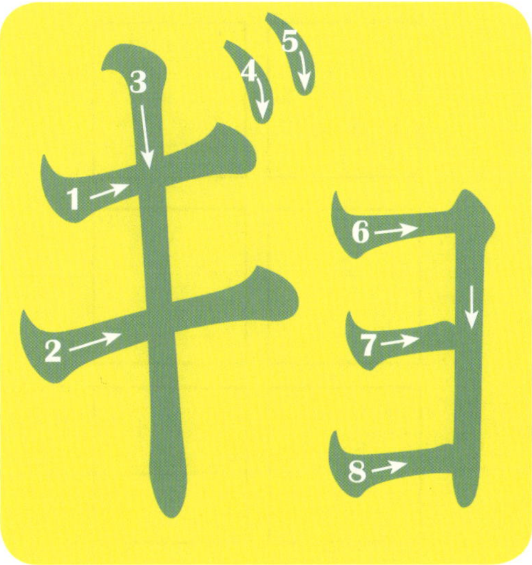

小小叮嚀：

- 平假名先依照清音「ぎ」的筆劃順序寫一個「ぎ」。
- 再依照清音「よ」的筆劃順序，在「ぎ」的右下方寫一個小字的「ょ」，高度大約是「ぎ」的一半。
- 片假名的筆順依序由左而右、由上而下書寫即可。

說說看

ぎょろり。

< gyo.ro.ri > 狠狠地瞪一眼。

發音重點：

嘴巴自然地張開，將「じ」（ji）和「や」（ya）用拼音方式，發出類似「家」的聲音。

じゃ/ジャ有什麼？

- **じゃり**【砂利】
  < ja.ri > 碎石
- **じゃんけん**
  < ja.n.ke.n > 划拳
- **ジャム**
  < ja.mu > jam，果醬

- **じゃがいも**【じゃが芋】
  < ja.ga.i.mo > 馬鈴薯

MP3 35

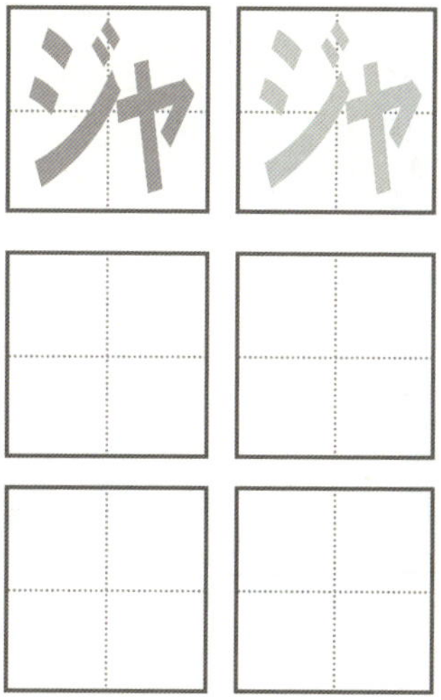

小小叮嚀：

- 平假名先依照清音「じ」的筆劃順序寫一個「じ」。
- 再依照清音「や」的筆劃順序，在「じ」的右下方寫一個小字的「ゃ」，高度大約是「じ」的一半。
- 片假名的筆順依序由左而右、由上而下書寫即可。

説説看

じゃましないで！

【邪魔しないで】< ja.ma.shi.na.i.de > 不要打擾！

發音重點：

嘴角向中間靠攏，將「じ」（ji）和「ゆ」（yu）用拼音方式，發出類似台語「周」的聲音。

じゅ/ジュ有什麼？

- **じゅく**【塾】
  < ju.ku > 補習班
- **じゅけん**【受験】
  < ju.ke.n > 應考
- **じゅず**【数珠】
  < ju.zu > 念珠
- **じゅうどう**【柔道】
  < ju.u.do.o > 柔道

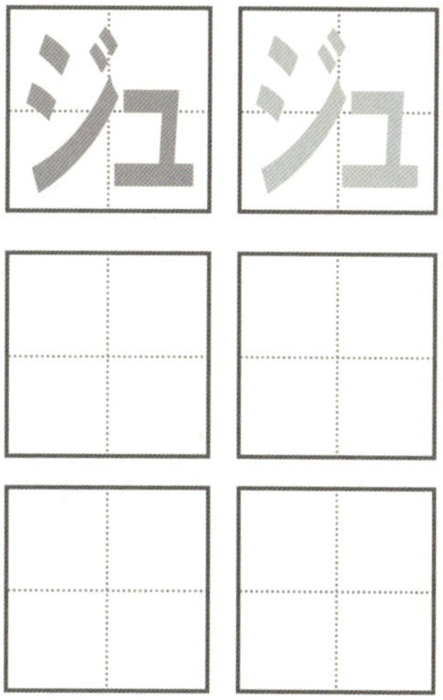

小小叮嚀：

- 平假名先依照清音「じ」的筆劃順序寫一個「じ」。
- 再依照清音「ゆ」的筆劃順序，在「じ」的右下方寫一個小字的「ゅ」，高度大約是「じ」的一半。
- 片假名的筆順依序由左而右、由上而下書寫即可。

說說看

じゅんびする。

【準備する】< ju.n.bi.su.ru > 準備。

發音重點：

嘴唇呈圓形，將「じ」（ji）和「よ」（yo）用拼音方式，發出類似「糾」的聲音。

じょ/ジョ有什麼？

- **じょせい【女性】**
  <jo.se.e> 女性
- **じょげん【助言】**
  <jo.ge.n> 建議
- **じょうぶ【丈夫】**
  <jo.o.bu> 健康
- **じょうひん【上品】**
  <jo.o.hi.n> 優雅

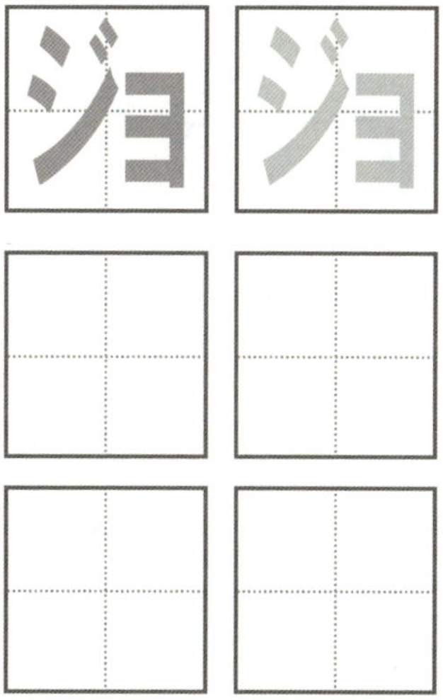

小小叮嚀：

- 平假名先依照清音「じ」的筆劃順序寫一個「じ」。
- 再依照清音「よ」的筆劃順序，在「じ」的右下方寫一個小字的「ょ」，高度大約是「じ」的一半。
- 片假名的筆順依序由左而右、由上而下書寫即可。

說說看

じょうしき。【常識】

< jo.o.shi.ki > 常識。

發音重點：

嘴巴自然地張開，將「び」（bi）和「や」（ya）用拼音方式，發出類似台語「壁」的聲音。

びゃ/ビャ有什麼？

- **びゃくや**【白夜】
  < bya.ku.ya > 白夜
- **びゃくだん**【白檀】
  < bya.ku.da.n > 檀木
- **なんびゃく**【何百】
  < na.n.bya.ku > 幾百
- **さんびゃく**【三百】
  < sa.n.bya.ku > 三百

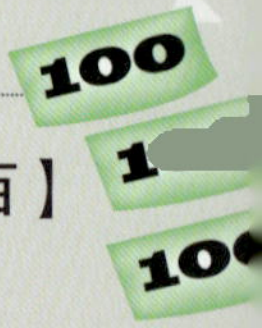

MP3 36

小小叮嚀：

- 平假名先依照清音「び」的筆劃順序寫一個「び」。
- 再依照清音「や」的筆劃順序，在「び」的右下方寫一個小字的「ゃ」，高度大約是「び」的一半。
- 片假名的筆順依序由左而右、由上而下書寫即可。

說說看

せんさんびゃくえん。

【千三百円】

< se.n.sa.n.bya.ku.e.n > 一千三百日圓。

發音重點：

嘴角向中間靠攏，將「び」（bi）和「ゆ」（yu）用拼音方式，發出類似「byu」的聲音。

びゅ/ビュ有什麼？

- **ビュー**
  < byu.u > view，景色

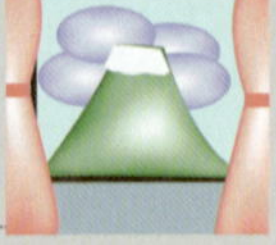

- **ビューラー**
  < byu.u.ra.a > Beaurer，睫毛夾
- **びゅうけん**【謬見】
  < byu.u.ke.n > 錯誤的見解
- **びゅうげん**【謬言】
  < byu.u.ge.n > 錯誤的發言

MP3 36

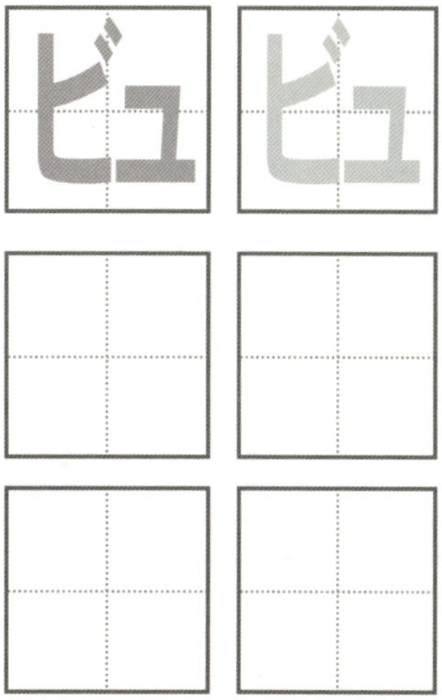

小小叮嚀：

- 平假名先依照清音「び」的筆劃順序寫一個「び」。
- 再依照清音「ゆ」的筆劃順序，在「び」的右下方寫一個小字的「ゅ」，高度大約是「び」的一半。
- 片假名的筆順依序由左而右、由上而下書寫即可。

說說看

びゅんびゅん。

< byu.n.byu.n > 形容東西快速移動。

發音重點：

嘴唇呈圓形，將「び」（bi）和「よ」（yo）用拼音方式，發出類似台語「標」的聲音。

びょ/ビョ 有什麼？

- **びょうき**【病気】
  < byo.o.ki > 疾病

- **びょうにん**【病人】
  < byo.o.ni.n > 病人
- **びょうぶ**【屏風】
  < byo.o.bu > 屏風
- **びょういん**【病院】
  < byo.o.i.n > 醫院

MP3 36

小小叮嚀：

- 平假名先依照清音「び」的筆劃順序寫一個「び」。
- 再依照清音「よ」的筆劃順序，在「び」的右下方寫一個小字的「ょ」，高度大約是「び」的一半。
- 片假名的筆順依序由左而右、由上而下書寫即可。

說說看

びょうどう。【平等】

< byo.o.do.o > 公平，平等。

發音重點：

嘴巴自然地張開，將「ぴ」（pi）和「や」（ya）用拼音方式，發出類似「癖」的聲音。

ぴゃ/ピャ有什麼？

- **ろっぴゃく**【六百】
  <ro.p.pya.ku> 六百
- **せんろっぴゃく**【千六百】
  <se.n.ro.p.pya.ku> 一千六百
- **はっぴゃく**【八百】
  <ha.p.pya.ku> 八百
- **はっぴゃくななえん**【八百七円】
  <ha.p.pya.ku.na.na.e.n> 八百零七日圓

MP3 37

小小叮嚀：

・平假名先依照清音「ぴ」的筆劃順序寫一個「ぴ」。
・再依照清音「や」的筆劃順序，在「ぴ」的右下方寫一個小字的「ゃ」，高度大約是「ぴ」的一半。
・片假名的筆順依序由左而右、由上而下書寫即可。

説說看

にせんろっぴゃくえんです。

【二千六百円です】

< ni.se.n.ro.p.pya.ku.e.n de.su > 兩千六百日圓。

發音重點：

嘴角向中間靠攏，將「ぴ」（pi）和「ゆ」（yu）用拼音方式，發出類似「pyu」的聲音。

ぴゅ／ピュ有什麼？

- **ピュア**
  < pyu.a > pure，純潔

- **ピューリタン**
  < pyu.u.ri.ta.n >
  Puritan，清教徒

- **ピューレ**
  < pyu.u.re >
  purée（法），醬狀食品

- **ぴゅうぴゅう**
  < pyu.u.pyu.u >
  咻咻，形容強風吹的聲音

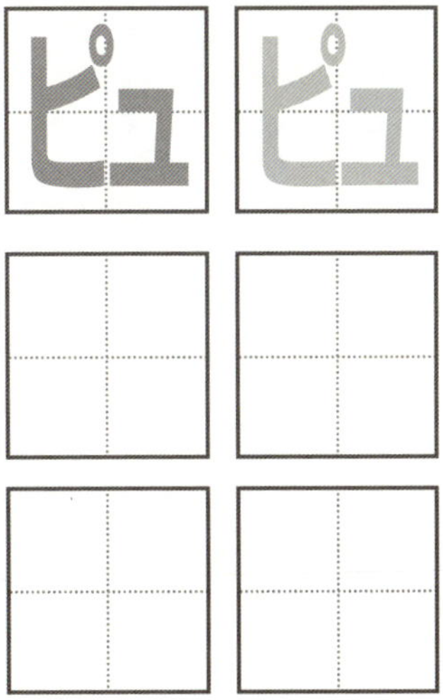

小小叮嚀：

- 平假名先依照清音「ぴ」的筆劃順序寫一個「ぴ」。
- 再依照清音「ゆ」的筆劃順序，在「ぴ」的右下方寫一個小字的「ゅ」，高度大約是「ぴ」的一半。
- 片假名的筆順依序由左而右、由上而下書寫即可。

說說看

ぴゅーん。

< pyu.u.n > 形容東西快速走過去的聲音和樣子。

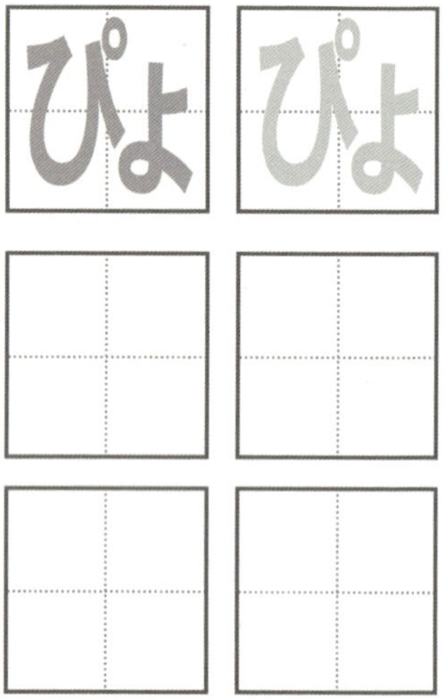

發音重點：

嘴唇呈圓形，將「ぴ」（pi）和「よ」（yo）用拼音方式，發出類似台語「票」的聲音。

ぴょ/ピョ有什麼？

- **ピョンヤン**
  < pyo.n.ya.n > 평양（韓），平壤，北韓首都

- **ぴょこぴょこ**
  < pyo.ko.pyo.ko > 輕輕跳動的樣子

- **ピョートル**
  < pyo.o.to.ru > Pyotr（俄），男性名字

- **ぴょんぴょん**
  < pyo.n.pyo.n > 輕快蹦跳的樣子

小小叮嚀：

- 平假名先依照清音「ぴ」的筆劃順序寫一個「ぴ」。
- 再依照清音「よ」的筆劃順序，在「ぴ」的右下方寫一個小字的「ょ」，高度大約是「ぴ」的一半。
- 片假名的筆順依序由左而右、由上而下書寫即可。

說說看

いっぴょうのさ。

【一票の差】 < i.p.pyo.o no sa > 一票之差。

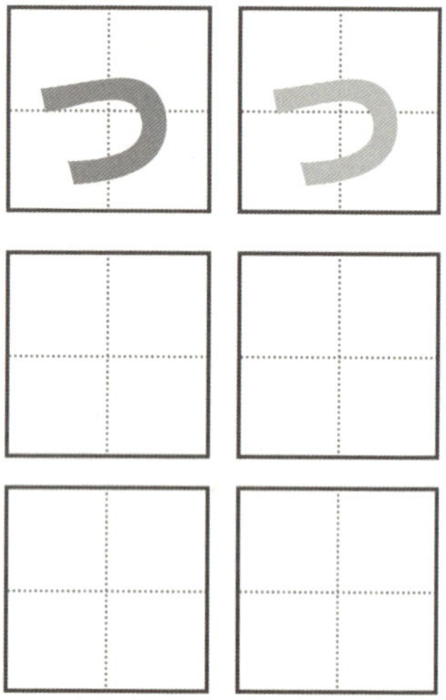

發音重點：

這個字在當促音時不發出聲音，但是須停頓一拍喔！

つ/ツ有什麼？

- **きって**【切手】
  < ki.t.te > 郵票
- **ざっし**【雜誌】
  < za.s.shi > 雜誌

- **みっつ**【三つ】
  < mi.t.tsu > 三個
- **あさって**【明後日】
  < a.sa.t.te > 後天

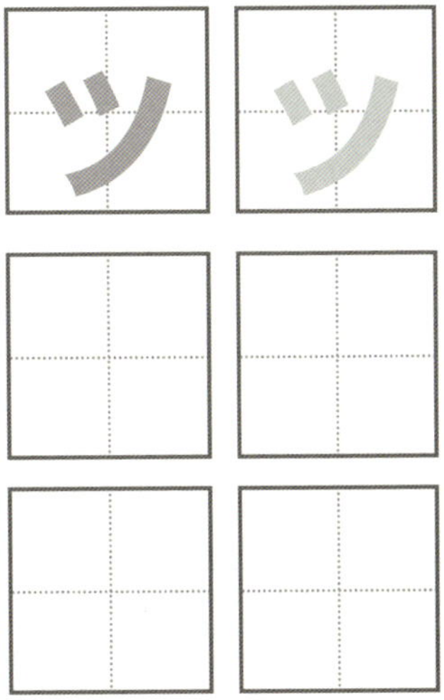

小小叮嚀：

- 平假名依照清音「つ」的筆劃順序寫一個小字的「っ」，高度大約是原來清音「つ」的一半。
- 片假名的筆順依序由左而右、由上而下書寫即可。

說說看

やっとできた！

【やっと出来た】

< ya.t.to de.ki.ta > 好不容易完成了！

橫式書寫時：

發音重點：

日文的假名，每個字都要唸一拍。所以長音的發音，必須依據前面母音，拉長多唸一拍。因為有沒有長音，意思是不一樣的喔！什麼時候要唸長音呢？

長音有什麼？

- **おばあさん**
  < o.ba.a.sa.n > 奶奶
  ↕
  おばさん
  < o.ba.sa.n > 阿姨，姑姑

- **ビール**
  < bi.i.ru > 啤酒
  ↕
  ビル
  < bi.ru > 大樓

直式書寫時：

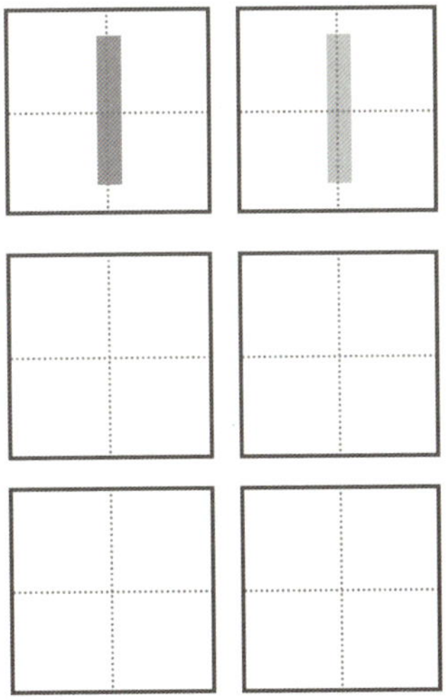

あ段假名後面有あ時，例如：おかあさん（媽媽）
い段假名後面有い時，例如：おにいさん（哥哥）
う段假名後面有う時，例如：くうき（空氣）
え段假名後面有え時，例如：おねえさん（姊姊）
お段假名後面有お時，例如：こおり（冰塊）
え段假名後面有い時，例如：けいさつ（警察）
お段假名後面有う時，例如：ようふく（衣服）

說說看

おばあさん！

<o.ba.a.sa.n > 奶奶！

學習目標

1. 在學習過「清音」、「濁音、半濁音」、「拗音」、「促音」、「長音」之後，運用實用單字，複習假名的發音和寫法。
2. 第五天學習和「身分」、「身體」、「生活」相關的實用單字。
3. 將實用的單字運用到生活上，開口說說看。

DAY 5 實用單字（1）

MP3 40

家庭樹 1

わたし　はは
こちらは私の母です。
< ko.chi.ra wa wa.ta.shi no ha.ha de.su >
這位是我的媽媽。

わたし
< wa.ta.shi >
我

ぼく
< bo.ku >
我（男子對平輩或晚輩的自稱）

おっと
夫
< o.t.to >
丈夫、先生

つま
妻
< tsu.ma >
妻子、太太

あに
兄
< a.ni >
哥哥

にい
お兄さん
< o.ni.i.sa.n >
尊稱自己或他人的哥哥

あね
姉
< a.ne >
姊姊

ねえ
お姉さん
< o.ne.e.sa.n >
尊稱自己或他人的姐姐

おとうと
弟
< o.to.o.to >
弟弟

いもうと
妹
< i.mo.o.to >
妹妹

いとこ
< i.to.ko >
堂、表兄弟姊妹

むす こ
息子
< mu.su.ko >
兒子

家庭樹 2

むすめ
娘
< mu.su.me >
女兒

まご
孫
< ma.go >
孫子

そ ふ
祖父
< so.fu >
（外）祖父

じい
お爺さん
< o.ji.i.sa.n >
尊稱自己或他人的（外）祖父，老公公

そ ぼ
祖母
< so.bo >
（外）祖母

ばあ
お婆さん
< o.ba.a.sa.n >
尊稱自己或他人的（外）祖母，老婆婆

りょうしん
両親
< ryo.o.shi.n >
雙親

ちち
父
< chi.chi >
爸爸

とう
お父さん
< o.to.o.sa.n >
尊稱自己或他人的父親

はは
母
< ha.ha >
媽媽

かあ
お母さん
< o.ka.a.sa.n >
尊稱自己或他人的母親

しゅうと
舅
< shu.u.to >
公公

しゅうとめ
姑
< shu.u.to.me >
婆婆

おじ
< o.ji >
伯伯、叔叔、舅舅、姑丈、姨丈

おば
< o.ba >
伯母、嬸嬸、舅媽、姑姑、阿姨

MP3 42

職業

わたし　　が か
私は画家です。

< wa.ta.shi wa ga.ka de.su >

我是畫家。

せんせい
先生
< se.n.se.e >
（尊稱）醫生、律師、老師

べんごし
弁護士
< be.n.go.shi >
律師

かいけいし
会計士
< ka.i.ke.e.shi >
會計師

きょうし
教師
< kyo.o.shi >
教師

がくせい
学生
< ga.ku.se.e >
學生

きしゃ
記者
< ki.sha >
記者

サラリーマン
< sa.ra.ri.i.ma.n >
上班族

いしゃ
医者
< i.sha >
醫生

かんごし
看護師
< ka.n.go.shi >
護士

しかい
司会
< shi.ka.i >
主持人、司儀

はいゆう
俳優
< ha.i.yu.u >
演員

じょゆう
女優
< jo.yu.u >
女演員

MP3 43

頭部

あたま　いた
頭が痛いです。
< a.ta.ma ga i.ta.i de.su >
頭痛。

あたま **頭** < a.ta.ma > 頭	かみ　かみ　け **髪 / 髪の毛** < ka.mi / ka.mi no ke > 頭髮
まゆげ **眉毛** < ma.yu.ge > 眉毛	め **目** < me > 眼睛
ほお **頬 / ほっぺた** < ho.o / ho.p.pe.ta > 臉頰	**えくぼ** < e.ku.bo > 酒窩
みみ **耳** < mi.mi > 耳朵	はな **鼻** < ha.na > 鼻子
くち **口** < ku.chi > 嘴巴	くちびる **唇** < ku.chi.bi.ru > 嘴唇
は **歯** < ha > 牙齒	した **舌 / べろ** < shi.ta / be.ro > 舌頭

MP3 44

軀幹與四肢

首（くび）
< ku.bi >
脖子

肩（かた）
< ka.ta >
肩膀

手（て）
< te >
手

手の平（て・ひら）
< te no hi.ra >
手掌

指（ゆび）
< yu.bi >
手指

爪（つめ）
< tsu.me >
指甲

おなか
< o.na.ka >
肚子

胸（むね）
< mu.ne >
胸

背中（せ・なか）
< se.na.ka >
背

腰（こし）
< ko.shi >
腰

お尻（しり）
< o shi.ri >
屁股

太もも（ふと）
< fu.to.mo.mo >
大腿

ふくらはぎ
< fu.ku.ra.ha.gi >
小腿

膝（ひざ）
< hi.za >
膝蓋

足の裏（あし・うら）
< a.shi no u.ra >
腳掌

だいのう
大脳
< da.i.no.o >
大腦

しょうのう
小脳
< sho.o.no.o >
小腦

しんぞう
心臓
< shi.n.zo.o >
心臟

はい
肺
< ha.i >
肺

しょくどう
食道
< sho.ku.do.o >
食道

い
胃
< i >
胃

じゅう に し ちょう
十二指腸
< ju.u.ni.shi.cho.o >
十二指腸

しょうちょう
小腸
< sho.o.cho.o >
小腸

だいちょう
大腸
< da.i.cho.o >
大腸

かんぞう
肝臓
< ka.n.zo.o >
肝臟

たんのう
胆嚢
< ta.n.no.o >
膽囊

じんぞう
腎臓
< ji.n.zo.o >
腎臟

ぼうこう
膀胱
< bo.o.ko.o >
膀胱

ほね
骨
< ho.ne >
骨頭

けっかん
血管
< ke.k.ka.n >
血管

MP3 46

文具 1

つか
はさみを使います。
< ha.sa.mi o tsu.ka.i.ma.su >
使用剪刀。

えんぴつ
鉛筆
< e.n.pi.tsu >
鉛筆

シャープペンシル / シャープ
< sha.a.pu.pe.n.shi.ru / sha.a.pu >
自動鉛筆

ボールペン
< bo.o.ru.pe.n >
原子筆

まんねんひつ
万年筆
< ma.n.ne.n.hi.tsu >
鋼筆

えんぴつけず
鉛筆削り
< e.n.pi.tsu.ke.zu.ri >
削鉛筆機

か　しん
替え芯
< ka.e.shi.n >
筆芯

け
消しゴム
< ke.shi.go.mu >
橡皮擦

しゅうせいえき
修正液
< shu.u.se.e.e.ki >
修正液

ホッチキス
< ho.c.chi.ki.su >
釘書機

ノート
< no.o.to >
筆記本

ふうとう
封筒
< fu.u.to.o >
信封

ポストイット
< po.su.to.i.t.to >
便利貼

文具 2

クレヨン
< ku.re.yo.n >
蠟筆

水彩絵の具（すいさいえのぐ）
< su.i.sa.i.e.no.gu >
水彩

虫眼鏡（むしめがね）
< mu.shi.me.ga.ne >
放大鏡

コンパス
< ko.n.pa.su >
圓規

分度器（ぶんどき）
< bu.n.do.ki >
量角器

電卓（でんたく） / **計算機**（けいさんき）
< de.n.ta.ku / ke.e.sa.n.ki >
計算機

画びょう（が）
< ga.byo.o >
圖釘

クリップ
< ku.ri.p.pu >
迴紋針

磁石（じしゃく） / **マグネット**
< ji.sha.ku / ma.gu.ne.t.to >
磁鐵

定規（じょうぎ） / **ものさし**
< jo.o.gi / mo.no.sa.shi >
尺

はさみ
< ha.sa.mi >
剪刀

カッター
< ka.t.ta.a >
美工刀

のり
< no.ri >
膠水

両面テープ（りょうめん）
< ryo.o.me.n.te.e.pu >
雙面膠帶

セロテープ
< se.ro.te.e.pu >
膠帶

MP3 48

生活場所 1

ここはトイレ**です。**

< ko.ko wa to.i.re de.su >

這裡是廁所。

学校（がっこう）
< ga.k.ko.o >
學校

図書館（としょかん）
< to.sho.ka.n >
圖書館

病院（びょういん）
< byo.o.i.n >
醫院

薬屋（くすりや）
< ku.su.ri.ya >
藥房

レストラン
< re.su.to.ra.n >
餐廳

銀行（ぎんこう）
< gi.n.ko.o >
銀行

郵便局（ゆうびんきょく）
< yu.u.bi.n.kyo.ku >
郵局

駅（えき）
< e.ki >
車站

交番（こうばん）
< ko.o.ba.n >
派出所

空港（くうこう）
< ku.u.ko.o >
機場

港（みなと）
< mi.na.to >
港口

本屋（ほんや）
< ho.n.ya >
書店

MP3 49

生活場所 2

教会（きょうかい）
< kyo.o.ka.i >
教堂

美術館（びじゅつかん）
< bi.ju.tsu.ka.n >
美術館

博物館（はくぶつかん）
< ha.ku.bu.tsu.ka.n >
博物館

コンビニ
< ko.n.bi.ni >
便利商店

スーパー
< su.u.pa.a >
超級市場

パン屋（や）
< pa.n.ya >
麵包店

映画館（えいがかん）
< e.e.ga.ka.n >
電影院

美容院（びよういん）
< bi.yo.o.i.n >
美容院

デパート
< de.pa.a.to >
百貨公司

遊園地（ゆうえんち）
< yu.u.e.n.chi >
遊樂園

ジム
< ji.mu >
健身房

会社（かいしゃ）
< ka.i.sha >
公司

公園（こうえん）
< ko.o.e.n >
公園

花屋（はなや）
< ha.na.ya >
花店

クリーニング屋（や）
< ku.ri.i.ni.n.gu.ya >
洗衣店

MP3 50

生活電器用品

テレビ
< te.re.bi >
電視機

れいぞうこ
冷蔵庫
< re.e.zo.o.ko >
電冰箱

ステレオ
< su.te.re.o >
音響

けいたい でんわ
携帯(電話)
< ke.e.ta.i (de.n.wa) >
手機

でんわ
電話
< de.n.wa >
電話

デジカメ
< de.ji.ka.me >
數位相機

ひげそ
髭剃り
< hi.ge.so.ri >
刮鬍刀

エムピースリー
M P 3(プレーヤー)
< e.mu.pi.i.su.ri.i (pu.re.e.ya.a) >
MP3

そうじき
掃除機
< so.o.ji.ki >
吸塵器

とけい
時計
< to.ke.e >
時鐘

うでどけい
腕時計
< u.de.do.ke.e >
手錶

パソコン
< pa.so.ko.n >
電腦

おんすいき
温水器
< o.n.su.i.ki >
熱水器

きゅうすいき
給水機
< kyu.u.su.i.ki >
飲水機

しょっきあらき
食器洗い機
< sho.k.ki.a.ra.i.ki >
洗碗機

MP3 51

衣服

シャツを買（か）います。
< sha.tsu o ka.i.ma.su >
買襯衫。

コート < ko.o.to > 大衣	ジャケット < ja.ke.t.to > 夾克
背広（せびろ） < se.bi.ro > 男士西裝	ズボン < zu.bo.n > 褲子
ネクタイ < ne.ku.ta.i > 領帶	シャツ < sha.tsu > 襯衫
スカート < su.ka.a.to > 裙子	スーツ < su.u.tsu > 套裝
ワンピース < wa.n.pi.i.su > 連身裙	セーター < se.e.ta.a > 毛衣
Tシャツ（ティー） < ti.i.sha.tsu > T恤	毛皮（けがわ） < ke.ga.wa > 皮衣

衣服配件飾品

MP3 52

ぼうし
帽子
< bo.o.shi >
帽子

めがね
眼鏡
< me.ga.ne >
眼鏡

サングラス
< sa.n.gu.ra.su >
太陽眼鏡

マフラー
< ma.fu.ra.a >
圍巾

イアリング
< i.a.ri.n.gu >
夾式耳環

ピアス
< pi.a.su >
穿式耳環

タイピン
< ta.i.pi.n >
領帶夾

て ぶくろ
手袋
< te.bu.ku.ro >
手套

ハンカチ
< ha.n.ka.chi >
手帕

ネックレス
< ne.k.ku.re.su >
項鍊

うで わ
腕輪
< u.de.wa >
手鐲

ブレスレット
< bu.re.su.re.t.to >
手鍊

ブローチ
< bu.ro.o.chi >
胸針

ゆび わ
指輪
< yu.bi.wa >
戒指

ベルト
< be.ru.to >
腰帶

MP3 53

美妝品

けしょうすい
化粧水
< ke.sho.o.su.i >
化妝水

ひ や ど
サンプロテクター / 日焼け止め
< sa.n.pu.ro.te.ku.ta.a / hi.ya.ke.do.me >
防曬乳

ファンデーション
< fa.n.de.e.sho.n >
粉底

パウダリーファンデーション
< pa.u.da.ri.i.fa.n.de.e.sho.n >
粉餅

フェイスパウダー
< fe.e.su.pa.u.da.a >
蜜粉

チークカラー
< chi.i.ku.ka.ra.a >
腮紅

アイシャドー
< a.i.sha.do.o >
眼影

アイライナー
< a.i.ra.i.na.a >
眼線筆

マスカラ
< ma.su.ka.ra >
睫毛膏

つけまつげ
< tsu.ke.ma.tsu.ge >
假睫毛

くちべに
口紅
< ku.chi.be.ni >
口紅

アイブロウ
< a.i.bu.ro.o >
眉筆

クレンジングオイル
< ku.re.n.ji.n.gu.o.i.ru >
卸妝油

フェイスマスク
< fe.e.su.ma.su.ku >
面膜

マニキュア / ネイルカラー
< ma.ni.kyu.a / ne.e.ru.ka.ra.a >
指甲油

顏色

あか
赤
< a.ka >
紅色

オレンジ
< o.re.n.ji >
橙色

きいろ
黄色
< ki.i.ro >
黃色

みどり
緑
< mi.do.ri >
綠色

あお
青
< a.o >
藍色

こんいろ
紺色
< ko.n.i.ro >
靛色

むらさき
紫
< mu.ra.sa.ki >
紫色

ピンク
< pi.n.ku >
粉紅色

きんいろ
金色
< ki.n.i.ro >
金色

ぎんいろ
銀色
< gi.n.i.ro >
銀色

しろ
白
< shi.ro >
白色

くろ
黒
< ku.ro >
黑色

はいいろ
灰色
< ha.i.i.ro >
灰色

こ　いろ
濃い色
< ko.i i.ro >
深色的

うす　いろ
薄い色
< u.su.i i.ro >
淺色的

MP3 55

房間物品

ベッド
< be.d.do >
床

マットレス
< ma.t.to.re.su >
床墊

カバー
< ka.ba.a >
（被、枕）套

枕（まくら）
< ma.ku.ra >
枕頭

掛け布団（かけぶとん）
< ka.ke.bu.to.n >
被子

目覚まし時計（めざましどけい）
< me.za.ma.shi.do.ke.e >
鬧鐘

たんす
< ta.n.su >
衣櫃

押入れ（おしいれ）
< o.shi.i.re >
壁櫥

テーブルランプ
< te.e.bu.ru.ra.n.pu >
檯燈

鏡台（きょうだい）
< kyo.o.da.i >
梳妝台

座椅子（ざいす）
< za.i.su >
和室椅

畳（たたみ）
< ta.ta.mi >
榻榻米

窓（まど）
< ma.do >
窗戶

カーテン
< ka.a.te.n >
窗簾

スリッパ
< su.ri.p.pa >
拖鞋

廁所浴室用品

MP3 56

ボディソープ
< bo.di.so.o.pu >
沐浴乳

シャンプー
< sha.n.pu.u >
洗髮乳

リンス
< ri.n.su >
潤髮乳

歯（は）ブラシ
< ha.bu.ra.shi >
牙刷

歯（は）磨（みが）き粉（こ）
< ha.mi.ga.ki.ko >
牙膏

ドライヤー
< do.ra.i.ya.a >
吹風機

鏡（かがみ）
< ka.ga.mi >
鏡子

石（せっ）けん
< se.k.ke.n >
香皂

タオル
< ta.o.ru >
毛巾

バスタオル
< ba.su.ta.o.ru >
浴巾

洗面台（せんめんだい）
< se.n.me.n.da.i >
洗臉台

蛇口（じゃぐち）
< ja.gu.chi >
水龍頭

トイレットペーパー
< to.i.re.t.to.pe.e.pa.a >
衛生紙

便器（べんき）
< be.n.ki >
馬桶

バスタブ / 浴槽（よくそう）
< ba.su.ta.bu / yo.ku.so.o >
浴缸

運動興趣

テニス < te.ni.su > 網球	
野球（やきゅう） < ya.kyu.u > 棒球	バスケットボール < ba.su.ke.t.to.bo.o.ru > 籃球
サッカー < sa.k.ka.a > 足球	バレーボール < ba.re.e.bo.o.ru > 排球
バドミントン < ba.do.mi.n.to.n > 羽毛球	卓球（たっきゅう） < ta.k.kyu.u > 乒乓球
ゴルフ < go.ru.fu > 高爾夫球	ボーリング < bo.o.ri.n.gu > 保齡球
剣道（けんどう） < ke.n.do.o > 劍道	空手（からて） < ka.ra.te > 空手道
柔道（じゅうどう） < ju.u.do.o > 柔道	マラソン < ma.ra.so.n > 馬拉松
水泳（すいえい） < su.i.e.e > 游泳	相撲（すもう） < su.mo.o > 相撲

學習目標

1. 在學習過「清音」、「濁音、半濁音」、「拗音」、「促音」、「長音」之後，運用實用單字，複習假名的發音和寫法。
2. 第六天學習和「自然」、「旅遊」、「飲食」、「時間」、「數字」相關的實用單字。
3. 將實用的單字運用到生活上，開口說說看。

DAY 6
實用單字（2）

MP3 58

陸地動物

ねこ　かわい
猫は可愛いです。
< ne.ko wa ka.wa.i.i de.su >
貓是可愛的。

かえる **蛙** < ka.e.ru > 青蛙	りす **栗鼠** < ri.su > 松鼠
コアラ < ko.a.ra > 無尾熊	**こうもり** < ko.o.mo.ri > 蝙蝠
おおかみ **狼** < o.o.ka.mi > 狼	**わに** < wa.ni > 鱷魚
パンダ < pa.n.da > 貓熊	かば **河馬** < ka.ba > 河馬
くま **熊** < ku.ma > 熊	**ライオン** < ra.i.o.n > 獅子
ぞう **象** < zo.o > 大象	**きりん** < ki.ri.n > 長頸鹿

うぐいす
鶯
< u.gu.i.su >
黃鶯

かも
鴨
< ka.mo >
鴨子

かもめ
< ka.mo.me >
海鷗

はくちょう
白鳥
< ha.ku.cho.o >
天鵝

おうむ
< o.o.mu >
鸚鵡

すずめ
雀
< su.zu.me >
麻雀

はと
鳩
< ha.to >
鴿子

からす
鴉
< ka.ra.su >
烏鴉

きつつき
啄木鳥
< ki.tsu.tsu.ki >
啄木鳥

つばめ
燕
< tsu.ba.me >
燕子

ふくろう
< fu.ku.ro.o >
貓頭鷹

ペンギン
< pe.n.gi.n >
企鵝

く じゃく
孔雀
< ku.ja.ku >
孔雀

たか
鷹
< ta.ka >
老鷹

だちょう
< da.cho.o >
鴕鳥

蟲類

はえ
< ha.e >
蒼蠅

ごきぶり
< go.ki.bu.ri >
蟑螂

くも
蜘蛛
< ku.mo >
蜘蛛

むし
てんとう虫
< te.n.to.o.mu.shi >
瓢蟲

とんぼ
< to.n.bo >
蜻蜓

せみ
< se.mi >
蟬

かいこ
蚕
< ka.i.ko >
蠶

MP3 60

か
蚊
< ka >
蚊子

はち
蜂
< ha.chi >
蜜蜂

あり
蟻
< a.ri >
螞蟻

ほたる
蛍
< ho.ta.ru >
螢火蟲

みみず
< mi.mi.zu >
蚯蚓

きりぎりす
< ki.ri.gi.ri.su >
蟋蟀

が
蛾
< ga >
蛾

のみ
蚤
< no.mi >
跳蚤

MP3 61

十二生肖與其它

ねずみ < ne.zu.mi > 鼠	
牛（うし） < u.shi > 牛	虎（とら） < to.ra > 虎
うさぎ < u.sa.gi > 兔	竜（たつ） < ta.tsu > 龍
蛇（へび） < he.bi > 蛇	馬（うま） < u.ma > 馬
羊（ひつじ） < hi.tsu.ji > 羊	猿（さる） < sa.ru > 猴子
鶏（にわとり） < ni.wa.to.ri > 雞	犬（いぬ） < i.nu > 狗
猪（いのしし） < i.no.shi.shi > 豬（山豬）	狐（きつね） < ki.tsu.ne > 狐狸
亀（かめ） < ka.me > 烏龜	豚（ぶた） < bu.ta > 豬（家畜）

植物

MP3 62

楓（かえで）
< ka.e.de >
楓

菊（きく）
< ki.ku >
菊花

ひまわり
< hi.ma.wa.ri >
向日葵

水仙（すいせん）
< su.i.se.n >
水仙花

百合（ゆり）
< yu.ri >
百合

蘭（らん）
< ra.n >
蘭花

むくげ
< mu.ku.ge >
木槿花

桜（さくら）
< sa.ku.ra >
櫻花

ばら
< ba.ra >
玫瑰

ラベンダー
< ra.be.n.da.a >
薰衣草

チューリップ
< chu.u.ri.p.pu >
鬱金香

たんぽぽ
< ta.n.po.po >
蒲公英

カーネーション
< ka.a.ne.e.sho.n >
康乃馨

あやめ
< a.ya.me >
菖蒲

あじさい
< a.ji.sa.i >
繡球花

MP3 63

ひ
日
< hi >
太陽

つき
月
< tsu.ki >
月亮

ほし
星
< ho.shi >
星星

くも
雲
< ku.mo >
雲

あめ
雨
< a.me >
雨

かぜ
風
< ka.ze >
風

かみなり
雷
< ka.mi.na.ri >
打雷

いなびかり
稲光
< i.na.bi.ka.ri >
閃電

きり
霧
< ki.ri >
霧

しも
霜
< shi.mo >
霜

ゆき
雪
< yu.ki >
雪

こおり
氷
< ko.o.ri >
冰

ひょう
雹
< hyo.o >
冰雹

たいふう
台風
< ta.i.fu.u >
颱風

たつまき
竜巻
< ta.tsu.ma.ki >
龍捲風

MP3 64

日本主要城市

ふくおか　す
福岡に住んでいます。
< fu.ku.o.ka ni su.n.de i.ma.su >
住在福岡。

とうきょう **東京** < to.o.kyo.o > 東京	よこはま **横浜** < yo.ko.ha.ma > 橫濱
おおさか **大阪** < o.o.sa.ka > 大阪	なごや **名古屋** < na.go.ya > 名古屋
さっぽろ **札幌** < sa.p.po.ro > 札幌	こうべ **神戸** < ko.o.be > 神戶
きょうと **京都** < kyo.o.to > 京都	ふくおか **福岡** < fu.ku.o.ka > 福岡
ひろしま **広島** < hi.ro.shi.ma > 廣島	きたきゅうしゅう **北九州** < ki.ta.kyu.u.shu.u > 北九州
せんだい **仙台** < se.n.da.i > 仙台	なは **那覇** < na.ha > 那霸

MP3 65

しんじゅく
新宿
< shi.n.ju.ku >
新宿

ぎんざ
銀座
< gi.n.za >
銀座

ろっぽんぎ
六本木
< ro.p.po.n.gi >
六本木

しながわ
品川
< shi.na.ga.wa >
品川

あきはばら
秋葉原
< a.ki.ha.ba.ra >
秋葉原

うえの
上野
< u.e.no >
上野

だいば
お台場
< o.da.i.ba >
台場

おもてさんどう
表参道
< o.mo.te.sa.n.do.o >
表參道

つきじ
築地
< tsu.ki.ji >
築地

しぶや
渋谷
< shi.bu.ya >
澀谷

はらじゅく
原宿
< ha.ra.ju.ku >
原宿

よよぎ
代々木
< yo.yo.gi >
代代木

いけぶくろ
池袋
< i.ke.bu.ku.ro >
池袋

あさくさ
浅草
< a.sa.ku.sa >
淺草

あおやま
青山
< a.o.ya.ma >
青山

交通工具

くるま
車
< ku.ru.ma >
汽車

じてんしゃ
自転車
< ji.te.n.sha >
腳踏車

バイク
< ba.i.ku >
摩托車

タクシー
< ta.ku.shi.i >
計程車

バス
< ba.su >
巴士

かんこう
観光バス
< ka.n.ko.o.ba.su >
遊覽車

パトカー
< pa.to.ka.a >
警車

しょうぼうしゃ
消防車
< sho.o.bo.o.sha >
消防車

でんしゃ
電車
< de.n.sha >
電車

しんかんせん
新幹線
< shi.n.ka.n.se.n >
新幹線

ふね
船
< fu.ne >
船

ひこうき
飛行機
< hi.ko.o.ki >
飛機

MP3 67

位置方向

東（ひがし） < hi.ga.shi > 東方	
西（にし） < ni.shi > 西方	南（みなみ） < mi.na.mi > 南方
北（きた） < ki.ta > 北方	右（みぎ） < mi.gi > 右邊
左（ひだり） < hi.da.ri > 左邊	ここ < ko.ko > 這邊
そこ < so.ko > 那邊	側（そば） < so.ba > 旁邊
前（まえ） < ma.e > 前面	後（うし）ろ < u.shi.ro > 後面
上（うえ） < u.e > 上面	下（した） < shi.ta > 下面
中（なか） < na.ka > 裡面	外（そと） < so.to > 外面

MP3 68

日本美食 1

すし　　た
寿司を食べます。
< su.shi o ta.be.ma.su >
吃壽司。

すし
寿司
< su.shi >
壽司

てん
天ぷら
< te.n.pu.ra >
天婦羅（炸物）

さしみ
刺身
< sa.shi.mi >
生魚片

み そしる
味噌汁
< mi.so.shi.ru >
味噌湯

にく
肉じゃが
< ni.ku.ja.ga >
馬鈴薯燉肉

しゃぶしゃぶ
< sha.bu.sha.bu >
涮涮鍋

なべ
ちゃんこ鍋
< cha.n.ko.na.be >
力士鍋

おでん
< o.de.n >
關東煮

とんかつ
< to.n.ka.tsu >
炸豬排

わ が し
和菓子
< wa.ga.shi >
和菓子

カレーライス
< ka.re.e.ra.i.su >
咖哩飯

コロッケ
< ko.ro.k.ke >
可樂餅

MP3 69

オムライス
< o.mu.ra.i.su >
蛋包飯

ラーメン
< ra.a.me.n >
拉麵

ざるそば
< za.ru.so.ba >
竹籬蕎麥麵

エビフライ定食（ていしょく）
< e.bi.fu.ra.i te.e.sho.ku >
炸蝦定食

焼（や）き鳥（とり）
< ya.ki.to.ri >
烤雞肉串

月見（つきみ）うどん
< tsu.ki.mi.u.do.n >
月見烏龍麵

牛丼（ぎゅうどん）
< gyu.u.do.n >
牛肉蓋飯

親子丼（おやこどん）
< o.ya.ko.do.n >
雞肉雞蛋蓋飯

天丼（てんどん）
< te.n.do.n >
炸蝦蓋飯

うな丼（どん）
< u.na.do.n >
鰻魚蓋飯

納豆（なっとう）
< na.t.to.o >
納豆

梅干（うめぼし）
< u.me.bo.shi >
梅干

お茶漬（ちゃづ）け
< o.cha.zu.ke >
茶泡飯

お好（この）み焼（や）き
< o.ko.no.mi.ya.ki >
什錦燒

蛸焼（たこや）き
< ta.ko.ya.ki >
章魚燒

飲料

MP3 70

	ちゃ ウーロン茶 < u.u.ro.n.cha > 烏龍茶
ミルク < mi.ru.ku > 牛奶	ヤクルト < ya.ku.ru.to > 養樂多
ワイン < wa.i.n > 葡萄酒	ビール < bi.i.ru > 啤酒
ミネラルウォーター < mi.ne.ra.ru.wo.o.ta.a > 礦泉水	ジュース < ju.u.su > 果汁
ちゃ お茶 < o.cha > 茶	コーヒー < ko.o.hi.i > 咖啡
こうちゃ 紅茶 < ko.o.cha > 紅茶	カクテル < ka.ku.te.ru > 雞尾酒
コーラ < ko.o.ra > 可樂	ココア < ko.ko.a > 可可
シェーク < she.e.ku > 奶昔	シャンペン < sha.n.pe.n > 香檳酒

MP3 71

肉類

ステーキ
< su.te.e.ki >
牛排

カルビ
< ka.ru.bi >
牛五花

ヒレ
< hi.re >
牛菲力

牛（ぎゅう）タン
< gyu.u.ta.n >
牛舌

サーロイン
< sa.a.ro.i.n >
牛沙朗

ピートロ
< pi.i.to.ro >
松阪豬

もつ
< mo.tsu >
內臟

ベーコン
< be.e.ko.n >
培根

ソーセージ
< so.o.se.e.ji >
德國香腸

ハム
< ha.mu >
火腿

挽（ひ）き肉（にく）
< hi.ki.ni.ku >
絞肉

チキン / 鶏肉（とりにく）
< chi.ki.n / to.ri.ni.ku >
雞肉

手羽先（てばさき）
< te.ba.sa.ki >
雞翅

七面鳥（しちめんちょう）
< shi.chi.me.n.cho.o >
火雞

羊（ひつじ）の肉（にく）（ラム / マトン）
< hi.tsu.ji no ni.ku (ra.mu / ma.to.n) >
羊肉（一歲以內是「ラム」，以上是「マトン」）

海鮮類

MP3 72

さかな
魚
< sa.ka.na >
魚

さけ
鮭
< sa.ke >
鮭魚

まぐろ
鮪
< ma.gu.ro >
鮪魚

たい
鯛
< ta.i >
鯛魚

たら
鱈
< ta.ra >
鱈魚

たこ
蛸
< ta.ko >
章魚

いか
< i.ka >
花枝

あわび
< a.wa.bi >
鮑魚

うなぎ
< u.na.gi >
鰻魚

えび
海老
< e.bi >
蝦

い せ えび
伊勢海老
< i.se.e.bi >
龍蝦

かいばしら
貝柱
< ka.i.ba.shi.ra >
干貝

はまぐり
蛤
< ha.ma.gu.ri >
蛤蜊

あさり
< a.sa.ri >
海瓜子

うに
< u.ni >
海膽

MP3 73

蔬果 1

胡瓜（きゅうり）をください。
< kyu.u.ri o ku.da.sa.i >
請給我小黃瓜。

野菜（やさい）
< ya.sa.i >
蔬菜

果物（くだもの）
< ku.da.mo.no >
水果

白菜（はくさい）
< ha.ku.sa.i >
白菜

キャベツ
< kya.be.tsu >
高麗菜

ほうれん草（そう）
< ho.o.re.n.so.o >
菠菜

もやし
< mo.ya.shi >
豆芽菜

レタス
< re.ta.su >
萵苣

ねぎ
< ne.gi >
蔥

生姜（しょうが）
< sho.o.ga >
薑

にんにく
< ni.n.ni.ku >
蒜

大根（だいこん）
< da.i.ko.n >
白蘿蔔

にんじん
< ni.n.ji.n >
紅蘿蔔

蔬果 2

MP3 74

玉（たま）ねぎ
< ta.ma.ne.gi >
洋蔥

タロ芋（いも）
< ta.ro.i.mo >
芋頭

かぼちゃ
< ka.bo.cha >
南瓜

じゃが芋（いも）
< ja.ga.i.mo >
馬鈴薯

アスパラガス
< a.su.pa.ra.ga.su >
蘆筍

椎茸（しいたけ）
< shi.i.ta.ke >
香菇

茄子（なす）
< na.su >
茄子

トマト
< to.ma.to >
蕃茄

唐辛子（とうがらし）
< to.o.ga.ra.shi >
辣椒

ピーマン
< pi.i.ma.n >
青椒

ゴーヤ
< go.o.ya >
苦瓜

ブロッコリー
< bu.ro.k.ko.ri.i >
綠花椰菜

とうもろこし
< to.o.mo.ro.ko.shi >
玉米

えんどう豆（まめ）
< e.n.do.o.ma.me >
豌豆

栗（くり）
< ku.ri >
栗子

MP3
75

蔬果 3

もも
桃
< mo.mo >
水蜜桃

りんご
< ri.n.go >
蘋果

バナナ
< ba.na.na >
香蕉

いちご
< i.chi.go >
草莓

パイナップル
< pa.i.na.p.pu.ru >
鳳梨

パパイヤ
< pa.pa.i.ya >
木瓜

グアバ
< gu.a.ba >
芭樂

かき
柿
< ka.ki >
柿子

なし
梨
< na.shi >
梨子

ぶどう
葡萄
< bu.do.o >
葡萄

すいか
西瓜
< su.i.ka >
西瓜

み かん
蜜柑
< mi.ka.n >
橘子

マンゴー
< ma.n.go.o >
芒果

メロン
< me.ro.n >
哈密瓜

さくらんぼ
< sa.ku.ra.n.bo >
櫻桃

MP3 76

味道感覺

とても辛(から)いです。
< to.te.mo ka.ra.i de.su >
非常辣的。

すっぱい < su.p.pa.i > 酸的	甘(あま)い < a.ma.i > 甜的
苦(にが)い < ni.ga.i > 苦的	辛(から)い < ka.ra.i > 辣的
しょっぱい < sho.p.pa.i > 鹹的	熱(あつ)い < a.tsu.i > 燙的、熱的
冷(つめ)たい < tsu.me.ta.i > 冰的	いい匂(にお)い < i.i ni.o.i > 香的
臭(くさ)い < ku.sa.i > 臭的	美味(おい)しい < o.i.shi.i > 美味的
まずい < ma.zu.i > 難吃的	油(あぶら)っぽい < a.bu.ra.p.po.i > 油膩的

MP3 77

砂糖（さとう）
< sa.to.o >
糖

みりん
< mi.ri.n >
味醂

酢（す）
< su >
醋

酒（さけ）
< sa.ke >
酒

バター
< ba.ta.a >
奶油

味噌（みそ）
< mi.so >
味噌

こしょう
< ko.sho.o >
胡椒

ケチャップ
< ke.cha.p.pu >
蕃茄醬

塩（しお）
< shi.o >
鹽

しょう油（ゆ）
< sho.o.yu >
醬油

胡麻油（ごまあぶら）
< go.ma.a.bu.ra >
麻油

カレー
< ka.re.e >
咖哩

わさび
< wa.sa.bi >
芥末

マヨネーズ
< ma.yo.ne.e.zu >
美乃滋

トウバンジャン
< to.o.ba.n.ja.n >
豆瓣醬

MP3 78

月份

いま　はる
今は春です。
< i.ma wa ha.ru de.su >
現在是春天。

いちがつ **1月** < i.chi.ga.tsu > 一月	にがつ **2月** < ni.ga.tsu > 二月
さんがつ **3月** < sa.n.ga.tsu > 三月	しがつ **4月** < shi.ga.tsu > 四月
ごがつ **5月** < go.ga.tsu > 五月	ろくがつ **6月** < ro.ku.ga.tsu > 六月
しちがつ **7月** < shi.chi.ga.tsu > 七月	はちがつ **8月** < ha.chi.ga.tsu > 八月
くがつ **9月** < ku.ga.tsu > 九月	じゅうがつ **10月** < ju.u.ga.tsu > 十月
じゅういちがつ **11月** < ju.u.i.chi.ga.tsu > 十一月	じゅうにがつ **12月** < ju.u.ni.ga.tsu > 十二月

はる
春
< ha.ru >
春

なつ
夏
< na.tsu >
夏

あき
秋
< a.ki >
秋

ふゆ
冬
< fu.yu >
冬

しょうがつ
お正月
< o sho.o.ga.tsu >
新年（一月一日）

バレンタインデー
< ba.re.n.ta.i.n.de.e >
情人節（二月十四日）

ホワイトデー
< ho.wa.i.to.de.e >
白色情人節（三月十四日）

クリスマス
< ku.ri.su.ma.su >
耶誕節（十二月二十五日）

にちよう び
日曜日
< ni.chi.yo.o.bi >
星期日

げつよう び
月曜日
< ge.tsu.yo.o.bi >
星期一

か よう び
火曜日
< ka.yo.o.bi >
星期二

すいよう び
水曜日
< su.i.yo.o.bi >
星期三

もくよう び
木曜日
< mo.ku.yo.o.bi >
星期四

きんよう び
金曜日
< ki.n.yo.o.bi >
星期五

ど よう び
土曜日
< do.yo.o.bi >
星期六

小時

MP3 80

いち じ
1時
< i.chi.ji >
一點

に じ
2時
< ni.ji >
二點

さん じ
3時
< sa.n.ji >
三點

よ じ
4時
< yo.ji >
四點

ご じ
5時
< go.ji >
五點

ろく じ
6時
< ro.ku.ji >
六點

しち じ
7時
< shi.chi.ji >
七點

はち じ
8時
< ha.chi.ji >
八點

く じ
9時
< ku.ji >
九點

じゅう じ
10時
< ju.u.ji >
十點

じゅういち じ
11時
< ju.u.i.chi.ji >
十一點

じゅうに じ
12時
< ju.u.ni.ji >
十二點

じ はん
～時半
< ji.ha.n >
～點半

じ かん
～時間
< ji.ka.n >
～小時

なん じ
何時
< na.n.ji >
幾點

實用單字(2)

MP3 81

いっぷん
1分
< i.p.pu.n >
一分

にふん
2分
< ni.fu.n >
二分

さんぷん
3分
< sa.n.pu.n >
三分

よんぷん
4分
< yo.n.pu.n >
四分

ごふん
5分
< go.fu.n >
五分

ろっぷん
6分
< ro.p.pu.n >
六分

ななふん
7分
< na.na.fu.n >
七分

はっぷん
8分
< ha.p.pu.n >
八分

きゅうふん
9分
< kyu.u.fu.n >
九分

じゅっぷん
10分
< ju.p.pu.n >
十分

じゅういっぷん
11分
< ju.u.i.p.pu.n >
十一分

にじゅっぷん
20分
< ni.ju.p.pu.n >
二十分

にじゅうごふん
25分
< ni.ju.u.go.fu.n >
二十五分

さんじゅっぷん
30分
< sa.n.ju.p.pu.n >
三十分

なんぷん
何分
< na.n.pu.n >
幾分

MP3 82

數字 1 個位

でんわばんごう
電話番号は

にななゼロゼロのよんろくにご
2700-4625です。

< de.n.wa.ba.n.go.o wa ni.na.na.ze.ro.ze.ro no yo.n.ro.ku.ni.go de.su >

電話號碼是2700-4625。

ゼロ／れい 0 / 0 < ze.ro / re.e > 零	いち 1 < i.chi > 一
に 2 < ni > 二	さん 3 < sa.n > 三
し／よん 4 / 4 < shi / yo.n > 四	ご 5 < go > 五
ろく 6 < ro.ku > 六	なな／しち 7 / 7 < na.na / shi.chi > 七
はち 8 < ha.chi > 八	きゅう／く 9 / 9 < kyu.u / ku > 九

MP3 83

數字 2 十位 百位

假名	數字	拼音	漢字
じゅう	10	< ju.u >	十
にじゅう	20	< ni.ju.u >	二十
さんじゅう	30	< sa.n.ju.u >	三十
よんじゅう	40	< yo.n.ju.u >	四十
ごじゅう	50	< go.ju.u >	五十
ろくじゅう	60	< ro.ku.ju.u >	六十
ななじゅう	70	< na.na.ju.u >	七十
はちじゅう	80	< ha.chi.ju.u >	八十
きゅうじゅう	90	< kyu.u.ju.u >	九十
ひゃく	100	< hya.ku >	一百
にひゃく	200	< ni.hya.ku >	二百
さんびゃく	300	< sa.n.bya.ku >	三百
よんひゃく	400	< yo.n.hya.ku >	四百
ろっぴゃく	600	< ro.p.pya.ku >	六百
はっぴゃく	800	< ha.p.pya.ku >	八百

數字 3 其它

せん
千
< se.n >
千

まん
万
< ma.n >
萬

じゅうまん
十万
< ju.u.ma.n >
十萬

ひゃくまん
百万
< hya.ku.ma.n >
百萬

せんまん
千万
< se.n.ma.n >
千萬

おく
億
< o.ku >
億

ちょう
兆
< cho.o >
兆

たす
< ta.su >
加

ひく
< hi.ku >
減

かける
< ka.ke.ru >
乘

わる
< wa.ru >
除

イコール
< i.ko.o.ru >
等於

プラス
< pu.ra.su >
正

マイナス
< ma.i.na.su >
負

やく
約
< ya.ku >
大約

MP3 84

MP3 85

數量詞單位

円（えん）
< e.n >
日圓

ミリ（メートル）
< mi.ri (me.e.to.ru) >
公厘

センチ（メートル）
< se.n.chi (me.e.to.ru) >
公分

メートル
< me.e.to.ru >
公尺

キロ（メートル）
< ki.ro (me.e.to.ru) >
公里

平方メートル（へいほう）
< he.e.ho.o.me.e.to.ru >
平方公尺

坪（つぼ）
< tsu.bo >
坪

リットル
< ri.t.to.ru >
公升

グラム
< gu.ra.mu >
公克

キロ（グラム）
< ki.ro (gu.ra.mu) >
公斤

杯 / 杯 / 杯（はい / ばい / ぱい）
< ha.i / ba.i / pa.i >
杯、碗

冊（さつ）
< sa.tsu >
本、冊

枚（まい）
< ma.i >
張、件

匹 / 匹 / 匹（ひき / びき / ぴき）
< hi.ki / bi.ki / pi.ki >
隻、匹

本 / 本 / 本（ほん / ぼん / ぽん）
< ho.n / bo.n / po.n >
支、瓶

學習目標

1. 學習過50音以及實用單字之後，接著挑戰日文句子。
2. 將實用的打招呼基本用語，運用到生活上，開口說說看。
3. 試著自我測驗，用羅馬拼音標出單字和句子，就可以在電腦上打出日文了。

DAY 7 打招呼基本用語

打招呼基本用語 1

MP3 86

はじめまして。	< ha.ji.me.ma.shi.te >	初次見面。
どうぞ　よろしく。	< do.o.zo yo.ro.shi.ku >	請多多指教。
よろしく　お願（ねが）いします。	< yo.ro.shi.ku o ne.ga.i shi.ma.su >	請您多多指教。（比「どうぞ　よろしく」更有禮貌的說法）
おはよう　ございます。	< o.ha.yo.o go.za.i.ma.su >	早安。
こんにちは。	< ko.n.ni.chi.wa >	午安。
こんばんは。	< ko.n.ba.n.wa >	晚安。（晚上見面時說）
おやすみなさい。	< o ya.su.mi na.sa.i >	晚安。（睡覺之前說）
ありがとう。	< a.ri.ga.to.o >	謝謝。
ありがとう　ございます。	< a.ri.ga.to.o go.za.i.ma.su >	謝謝您。（比「ありがとう」更有禮貌的說法）
どういたしまして。	< do.o i.ta.shi.ma.shi.te >	不客氣。
すみません。	< su.mi.ma.se.n >	對不起。
ごめん。	< go.me.n >	歹勢。（只能對很親的人用）

MP3 87

打招呼基本用語 2

どうぞ。 < do.o.zo >	請。
分(わ)かりません。 < wa.ka.ri.ma.se.n >	不知道。
分(わ)かりました。 < wa.ka.ri.ma.shi.ta >	知道了。
お元気(げんき)ですか。 < o ge.n.ki de.su ka >	你好嗎？
いただきます。 < i.ta.da.ki.ma.su >	開動。
ごちそうさまでした。 < go.chi.so.o.sa.ma de.shi.ta >	吃飽了。 （謝謝招待）
はい。 < ha.i >	是的；好。
いいえ。 < i.i.e >	不是；不對； 沒關係；不會。
いってきます。 < i.t.te ki.ma.su >	我出門了。
いってらっしゃい。 < i.t.te ra.s.sha.i >	請慢走。
ただいま。 < ta.da.i.ma >	我回來了。 （回家的人說）
おかえりなさい。 < o ka.e.ri na.sa.i >	你回來了。 （在家裡的人說）

打招呼基本用語 3

MP3 88

いくらですか。 < i.ku.ra de.su ka >	多少錢呢？
いつですか。 < i.tsu de.su ka >	什麼時候呢？
どこですか。 < do.ko de.su ka >	在哪裡呢？
おいくつですか。 < o i.ku.tsu de.su ka >	（您）幾歲呢？
何時（なんじ）ですか。 < na.n.ji de.su ka >	幾點呢？
何（なん）ですか。 < na.n de.su ka >	是什麼呢？什麼事？
さようなら。 < sa.yo.o.na.ra >	再見。
また明日（あした）。 < ma.ta a.shi.ta >	明天見。
またね。 < ma.ta ne >	再見。 （針對比較親的人說）
よい週末（しゅうまつ）を。 < yo.i shu.u.ma.tsu o >	祝你週末愉快。
お元気（げんき）で。 < o ge.n.ki de >	多保重。
お大事（だいじ）に。 < o da.i.ji ni >	請多注意身體。 （對病人說）

日文輸入真簡單！

打報告、做簡報、上網，都離不開電腦。學會了日文輸入法，當然就方便多了！

實際練習打字吧！

大部分的日文只要應用假名的羅馬拼音，（請參閱本書日語音韻表P.8-9），就可以輕鬆在電腦上打出日文假名，加上空白鍵 Space 就可以轉換平、片假名及漢字。促音「っ」只要連續輸入二次促音後假名的第一個拼音字母即可，例如「きって」就打「KITTE」。比較特殊的是，為了與お（o）區隔，「を」的輸入為「WO」，而「ん」必須鍵入「NN」才會顯示。

有些特殊用字，例如強調語氣時常用的小字，只要在原本的發音前加上 L 或 X，就可以打出比一般字型更小的假名。所以，要顯示促音「っ」時，也可以依序鍵入「LTSU」或「XTSU」。

試試看！

使用日文輸入法，依序鍵入「YATTODEKIMASHITA」會出現什麼呢？

解答 やっとできました ya.t.to de.ki.ma.shi.ta 終於完成了！

國家圖書館出版品預行編目資料

信不信由你，一週學好日語五十音！ 新版 /
元氣日語編輯小組編著
--修訂二版-- 臺北市：瑞蘭國際, 2025.04
304面；17 x 23公分 --（元氣日語系列；51）
ISBN：978-626-7629-30-7（平裝）
1. CST：日語 2. CST：語音 3. CST：假名

803.1134　　114003686

元氣日語系列 51

信不信由你，
一週學好日語五十音！新版

編著者｜元氣日語編輯小組・責任編輯｜葉仲芸、王愿琦
校對｜こんどうともこ、葉仲芸、王愿琦

日語錄音｜今泉江利子・錄音室｜不凡數位錄音室、純粹錄音後製有限公司
視覺設計｜劉麗雪・美術插畫｜張君瑋

瑞蘭國際出版
董事長｜張暖彗・社長兼總編輯｜王愿琦
編輯部
副總編輯｜葉仲芸・主編｜潘治婷・文字編輯｜劉欣平
設計部主任｜陳如琪
業務部
經理｜楊米琪・主任｜林湲洵・組長｜張毓庭

出版社｜瑞蘭國際有限公司・地址｜台北市大安區安和路一段104號7樓之1
電話｜(02)2700-4625・傳真｜(02)2700-4622・訂購專線｜(02)2700-4625
劃撥帳號｜19914152 瑞蘭國際有限公司
瑞蘭國際網路書城｜www.genki-japan.com.tw

法律顧問｜海灣國際法律事務所　呂錦峯律師

總經銷｜聯合發行股份有限公司・電話｜(02)2917-8022、2917-8042
傳真｜(02)2915-6275、2915-7212・印刷｜科億印刷股份有限公司
出版日期｜2025年04月初版1刷・定價｜450元・ISBN｜978-626-7629-30-7